Heinrich Klenz

Die Quellen von Joachim Rachel's erster Satire

Heinrich Klenz

Die Quellen von Joachim Rachel's erster Satire

ISBN/EAN: 9783743460355

Hergestellt in Europa, USA, Kanada, Australien, Japan

Cover: Foto ©Andreas Hilbeck / pixelio.de

Weitere Bücher finden Sie auf **www.hansebooks.com**

DIE QUELLEN

von

JOACHIM RACHEL'S ERSTER SATIRE:

„DAS POETISCHE FRAUENZIMMER ODER BÖSE SIEBEN".

INAUGURAL-DISSERTATION,

ZUR

ERLANGUNG DER PHILOSOPHISCHEN DOCTORWÜRDE

DER

HOHEN PHILOSOPHISCHEN FACULTÄT

DER

ALBERT-LUDWIGS-UNIVERSITÄT ZU FREIBURG I. B.

VORGELEGT VON

HEINRICH KLENZ

AUS KRÖPELIN IN MECKLENBURG-SCHWERIN.

FREIBURG I. B.
UNIVERSITÄTSDRUCKEREI H. M. POPPEN & SOHN.
1899.

DEM ANDENKEN

MEINES THEUREN VATERS

GEWIDMET.

Einleitung.

Die Quellen von Rachels Satiren überhaupt.

Joachim Rachel (1618—1669) selbst giebt in dem Vorwort „An den Leser", welches er seinen im Jahre 1664 zum ersten Male erschienenen Satiren[1] vorausgeschickt hat, über seine Quellen folgenden Aufschluß: „... kan ich nicht verhalten, daß die vierte Satyra aus der vierzehenden Juvenalis, die fünfte aber aus der vierten Persii übersetzet, doch mit solcher Freyheit, daß ich sie wol zum Theil mag meine nennen; insonderheit die sechste und lezte, welche aus der zehenden Juvenalis ihren Ursprung hat und sonst fast wenig mehr." Er macht also nur für die drei letzten Satiren — denn mehr als sechs enthielt die erste Ausgabe nicht — seine Quellen namhaft: für

---

[1] Die erste Ausgabe, welche ich in einem Exemplar der Kgl. Bibliothek zu Berlin benutzt habe, hat genau folgenden Titel: „Joachimi Rachelii Londinensis Teutsche Satyrische Gedichte. Franckfurt, Bey Egidio Vogeln getruckt. 1664." Sie enthält: 1. Zuschrift an Paulus Tscherning. (Wieder abgedruckt in der Ausgabe von 1743.) 2. In Satyras Germanicas Clarissimi Viri D. Joachimi Rachelii: lat. Distichen von Thomas Bartholinus, lat. Hexameter von Ch. Ostenfeld, lat. Distichen von Vitus Biering; An den Wol=Eblen Vest= und Gelährten Herrn Paul Tscherning, Königl. Maytt. zu Dennemarck, Norwegen ꝛc. hochbetrauten Kriegs=Raht ꝛc. über ... Rachelii übersetzte Satyrische Gedichte: deutsche Alexandriner von Adam F. Werner; lat. Distichen von Matthias Johansen Dithmarsus; dänisches Reimgedicht in kleinen Zeilen von Anders Bording; lat. Hexameter von Petrus Ostenfeld Cimb. 3. An den Leser. (Wieder abgedruckt in den Ausgaben von 1700 und 1743.) 4. Die ersten sechs Satiren. (64 S.) — Dem Berliner Exemplare sind angebunden: a) Rachels Christlicher Glaubens=Unterricht. Tübingen 1666. (60 S.) b) „Theophili Sinceri Wolgemeinter Vorschlag" u. s. w.

seine vierte und sechste die vierzehnte bezw. zehnte des Juvenalis, und für seine fünfte den Persius, dessen zweite, nicht vierte Satire jener zu Grunde liegt, worauf schon die Ausgabe vom Jahre 1743 an dieser Stelle durch den Zusatz in Klammern „oder zweyten" hinweist; die Erwähnung der „vierten" Satire des Persius im Vorwort ist eben auf den sehr fehlerhaften Druck² der ersten Ausgabe zurückzuführen. Von den drei ersten Satiren sagt Rachel im Vorworte weiter nichts, als daß sie „vor diesem Hochzeit-Gedichte gewesen, weilen aber der Inhalt fast Satyrisch war; hab ich ihnen, wie Jean Potage seinem Hute, können geben welche Form ich wollte".

Wippel — er mag auch uns für den Autor der Ausgabe von 1743³ gelten — spricht in seinem „Vorbericht" von den Quellen der drei ersten sowie von denen der siebten und achten Satire, welche

---

Frankfurt 1676. (78 S.) c) „SpahrMinuten" u. s. w. Aus dem Englischen des Arthur Warwick. Jena 1677. — Ferner benutzte ich die mit Laurembergs Scherzgedichten zusammen erschienene Bremer Ausgabe vom Jahre 1700, welche auch Heyne für das Grimmsche Wörterbuch einsah, in einem Exemplare der Universitätsbibliothek zu Rostock. Sie enthält die acht Satiren Rachels, die ihm untergeschobene neunte und zehnte Satire, und das „Verkehrte Weiber-Lob", einen etwas veränderten Auszug aus der ersten Satire in 13 iambischen Strophen. — Ueber die sonst noch von mir benutzten Ausgaben vom Jahre 1743 und 1828, welch letztere auch Sanders für sein Wörterbuch benutzte, sieh die folgenden Anmerkungen.
² Sieh hierüber H. Schröder, Joachim Rachels ... Teutsche satyrische Gedichte. Neue verbesserte, und mit dem Leben des Dichters, erklärenden Anmerkungen und einem kleinen Glossar vermehrte Ausgabe. Altona 1828. S. XIX.
³ Joachim Rachels aus Lunden Nach dem Originale verbesserte und mit einem neuen Vorberichte begleitete Teutsche Satyrische Gedichte ... Berlin 1743. — Der Herausgeber nennt sich nicht; nach dem Vorgange Schröders (a. a. O. S. XXIV), der nichts weiter als den Namen desselben gekannt und die Ausgabe nicht hat benutzen können, wird dafür allgemein Johann Jakob Wippel gehalten. August Sach (Joachim Rachel ein Dichter und Schulmann des siebzehnten Jahrhunderts. Mit drei litterarhistorischen Anhängen. Schleswig 1869) hat diese Ausgabe seinen Citaten zu Grunde gelegt; als Herausgeber nennt er „den Berliner Professor T. T. [muß heißen: J. J.] Wippel" S. 64. Dieser Wippel war — nach W. Pötel, Philolog. Schriftstellerlexikon, Leipzig 1882 s. v. — 1714 zu Biere in der Provinz Sachsen geboren, gab 1744 „Cic. de nat. deorum I. III recogn. a Gronovio" heraus und starb 1765 als Rector des Gymnasiums zum Grauen

erſt ſpäter, wahrſcheinlich nicht vor 1677[4], in die Geſamtausgabe
der Satiren aufgenommen ſind, mit folgenden Worten: „Die böſen
Sieben ſind aus des Simonides Jambis, welche Stobäus auf-
behalten, Buchananus überſetzt, und der nicht ſchlechte neue lateiniſche
Poet, Sebaſtian Scheſer [muß heißen: Scheffer], in gewiſſen Choriambis
zum Augenmercke gehabt hat. Wer in dem vortheiligen Mangel und
in der guten [muß heißen: gewünſchten] Hauß-Mutter keinen Horaz
und Perſius und Naſo erblickt, der iſt blind . . . In dem Freunde

Kloſter zu Berlin. Dem kann ich hinzufügen, daß er auch Joh. Böditers
Grundſätze der deutſchen Sprache 1746 herausgegeben, das Leben der um
die deutſche Sprachforſchung ſo verdienten Gelehrten Joh. Leonh. Friſch
und Ch. Pudor 1744 bezw. 1747 ſowie das des Dichters Barthol. Ringwaldt
1751 beſchrieben und viele Beiträge zu Dunkels Nachträgen zu Jöchers
Gelehrtenlexikon ſeit 1754 geliefert hat. Eines ſolchen Mannes iſt die
Ausgabe Rachels vom Jahre 1743 würdig. Obgleich ſie keine Anmerkungen
und kein Gloſſar enthält, wie die ſpätere von Schröder, ſo iſt doch der Text
in einer, zwar nicht tadelloſen, aber von den willkürlichen Aenderungen
Schröders ſich rühmlich frei haltenden Recenſion gegeben worden. Was die
erſte Satire betrifft, ſo wird aus meinen Anmerkungen weiter unten Näheres
zu erſehen ſein. Es möge hier nur noch ein Beitrag zur Textkritik gegeben
werden, und zwar bezüglich der fünften Satire. Da heißt es V. 131 f. in
allen von mir eingeſehenen Ausgaben:
  „Was nützet ihm das Geld, des er nicht mehr begehrt,
  Als wenn man der Dian ein Dockenſpiel verehrt?"
Schröder erklärt zwar im Gloſſar „Dockenſpiel" richtig durch „Puppen-
ſpiel, denn Docke iſt Puppe" — Sat. VI V. 209 ſteht „Dockenwerck",
welches Schröder wieder richtig durch „Puppenkram, Spielerei" erklärt —;
er läßt aber gleichwohl „Dian" im Texte ſtehn. Nun iſt die fünfte Satire
nach Rachels eigenem Geſtändnis aus Perſius frei überſetzt. Und da lautet
Sat. II V. 69 f. die entſprechende Stelle:
  Dicite, pontifices, in sancto quid facit aurum?
  Nempe hoc, quod Veneri donatae a virgine pupae,
und ſchon Iſaacus Caſaubonus bemerkt dazu in ſeiner Ausgabe (Parisiis
1615), die wohl Rachel benutzt haben wird, p. 220: Hoc est, nihil . . . Pupae
a virginibus pubertatem consecutis aut nupturis Veneri solitae dicari . . .
Der Venus wurde aber bereits von den Alten auch der Name ihrer Mutter
Dione beigelegt (ſieh Papes Wörterbuch der Griechiſchen Eigennamen).
Es muß alſo ſtatt „Dian" vielmehr „Dion" geleſen werden.

[4] Bernh. Berendes, Zu den Satiren des Joachim Rachel. Waren-
dorf 1896. (Leipziger Diſſertation.) S. 67.

liegt Tullius, Plutarchus⁵ und manche andere Heimlichkeit der Vorwelt. Der Poet ist nach dem an die Pisonen abgegangenen Befehle, so wie es Vida lehret, so wie alle vernünftige Meister teutscher Lieder geboten haben."

Schröder, der ja Wippels Ausgabe nicht benutzt hat⁶, schweigt in seiner Inhaltsangabe zur ersten Satire von Semonides u. s w., führt dagegen den Eingang derselben richtig auf Persius zurück und läßt dann Rachel „seinen eigenen Weg gehen". Aus demselben Grunde weiß er denn auch nichts von den Quellen zur zweiten und dritten Satire zu sagen. Bezüglich der siebten weist er in einer Anmerkung zu den einleitenden Versen auf den Anfang der sechsten Satire des Juvenalis hin, und für die achte begnügt er sich in der Inhaltsangabe mit der Bemerkung, daß der Anfang an die erste des Juvenalis erinnere, während er in den Anmerkungen dreimal auf Horatius hinweist. Ueber eine Quelle im allgemeinen heißt es dann noch bei Schröder S. XVII: „Daß er dem französischen Satyriker Regnier († 1613) nachgeahmt habe, wie wol behauptet worden ist, scheint mir nicht glaublich, da er diesen niemals erwähnt (obwohl Ronsard, VIII, 246). Uebrigens hab' ich dessen Gedichte nicht zur Hand, um vergleichen zu können." Hierzu will ich nur folgendes bemerken: Es genügte die Erwähnung Ronsards, da sich Mathurin Regnier zu dessen Schule bekannte⁷. Und in der That haben sich mir bei einer Durchsicht der Satiren Regniers mehrere Berührungs= punkte mit Rachel ergeben. Von dem auch an Regnier anklingenden Eingang der ersten Rachelschen Satire wird im siebten Kapitel die Rede sein. Im übrigen vergleiche man Rachel, Sat. V, 61—77 mit Regnier, Sat. XIII (heuchlerische Betschwester); Rachel, Sat. VII, 1—22 mit Regnier, Sat. VI, ed. Jannet p. 47 (goldenes Zeitalter); Rachel, Sat. VIII mit Regnier, Sat. II u. IV. Allerdings können alle diese Stellen auf beiden Dichtern gemeinsame Vorbilder zurück= geführt werden; denn auch Regnier zeigt in seinen Satiren eine

⁵ Vgl. dagegen Berendes weiter unten (am Ende dieser Einleitung).
⁶ Sieh oben Anm. 3.
⁷ Sieh Oeuvres complètes de Regnier revues ... par M. Pierre Jannet. Paris, Picard, 1867 p. XII, und: J. Pleines, Untersuchungen über das Leben und die Satiren Mathurin Regnier's. Rostock 1888. (Schönberger Schulprogramm.) S. 3.

eingehende Kenntnis des Persius und Juvenalis sowie, in denen aus späteren Jahren, namentlich des Horatius[8]. Daß Rachel übrigens Französisch verstanden hat, beweisen die von ihm in die achte Satire V. 277—328 und wiederum V. 357—364 zur Verspottung der Sprachenmengerei eingestreuten Brocken.

Sach schweigt[9] ebensowie Schröder von Semonides, obgleich jener doch die Wippelsche Ausgabe benutzt hat; er geht bezüglich der Quellen überhaupt nicht über Rachels eigene Angaben hinaus, — mit einer einzigen Ausnahme. Diese bildet die Erwähnung des niederdeutschen Satirikers Joh. Lauremberg, dessen Spuren Rachel einst als volksthümlicher Dichter in bitmarsischer Mundart gefolgt war, von dem er aber später als gelehrter Dichter in hochdeutscher Sprache nach Opitzschem Muster nichts mehr wissen wollte, ohne daß es ihm gelungen wäre, sich dem Einflusse Laurembergs völlig zu entziehen. „In der achten Satire", sagt Sach[10], „treffen wir wiederholt auf Reminiscenzen, versteckte Anspielungen und polemische Seitenhiebe, so daß sie gleichsam zur Erläuterung der Laurembergischen Scherzgedichte dienen kann, aber nirgends finden wir den Namen Laurembergs genannt. Wie nachhaltend, trotzdem daß er sich es nicht gestehen wollte, der Einfluß Laurembergs auf ihn gewesen ist, zeigt das auffallende Interesse, mit dem er während seines Aufenthaltes zu Norden das Volksleben der Friesen und Holländer verfolgte" u. s. w. Der nachhaltige Einfluß Laurembergs zeigt sich, wie Sach richtig hervorhebt, besonders in der achten Satire. Ich notire hier nur folgende Stellen: Rachel VIII, 158 vgl. mit Lauremberg IV, 281 ff.; R. 319 mit L. I, 263; R. 428 mit L. IV, 64; R. 445 mit L. I, 93 ff. Aber auch in anderen Satiren finden sich Anklänge an den niederdeutschen Dichter; man vergleiche z. B. Rachel VI, 190 mit Lauremberg I, 424 und R. VI, 195 mit L. II, 9—14 u. III, 485—490.

Berendes[11] endlich weist, unter Berufung auf Neumeisters Specimen dissertationis etc. p. 84, für die erste Satire wieder

---

[8] Jannet l. c. p. XVII. Pleines a. a. O. S. 31.
[9] sowohl in seiner Monographie (sieh Anm. 3) als auch in der „Allg. Deutschen Biographie".
[10] in seiner Monographie a. a. O. S. 27.
[11] a. a. O. S. 6 f.

auf „das bekannte Fragment des Semonides von Amorgos" hin. „Die Verwendung des griechischen Fragmentes zum Hochzeitsgedichte ist nicht neu. Schon Fr. Taubmann hatte es zu diesem Zwecke benutzt (Epulum Musaeum, Lips. 1604 p. 572 sqq.), und Joh. Pet. Titz nach dieser lateinischen Bearbeitung 1647 ein deutsches Hochzeitsgedicht erscheinen lassen, das wie unsere Satire den Titel ‚Poetisches Frauenzimmer' führt. Diese Aufschrift mag aus einer Randbemerkung in Moscherosch' Gesichten II, S. 342 (Straßburg 1643) herrühren. Eine Benutzung des Titzischen Gedichtes (abgedruckt in L. H. Fischer, Joh. Pet. Titz' Deutsche Gedichte, Halle 1888, S. 113 ff.) durch Rachel ergibt sich aus einer Vergleichung nicht." In einer Anmerkung spricht Berendes dann noch folgende Vermuthung aus: „Rachel mag das Fragment des Semonides in der lateinischen Uebersetzung des Schotten Buchanan vor sich gehabt haben" u. s. w. Berendes also ist durch Neumeisters Diss. de poëtis Germ. auf Semonides aufmerksam gemacht worden; es ist aber aus keinem seiner obigen Worte ersichtlich, daß er eine Vergleichung der ersten Satire Rachels mit dem griechischen Gedichte vorgenommen habe, und bei seiner Besprechung der ersten Satire führt er als Unterschiede beider Gedichte nur die bei Semonides fehlende Erwähnung der Mitgift und den nicht übereinstimmenden Schluß an. Er hat ferner von Titz' „Poetischem Frauenzimmer" Kenntnis erhalten; diesmal nimmt er, wie er behauptet, eine Vergleichung vor, kommt aber zu einem — negativen Resultat[12]. Schließlich vermuthet er eine Benutzung der lateinischen Uebersetzung Buchanans durch Rachel, ohne zur Stütze dieser Vermuthung etwas anderes beizubringen, als Buchanans Erwähnung (aber nicht als Quelle!) bei Rachel in der achten Satire, die beiden Dichtern gemeinsame Schilderung des Posidipp und Metrodor, und die bei beiden vorkommende Darstellung des ruhigen und des aufgeregten Meeres[13].

---

[12] Ich bin zu einem etwas anderen Resultate gelangt, wie das fünfte Kapitel zeigen wird.

[13] Ueber das Verhältnis der ersten Satire Rachels zu Buchanan sieh unten das zweite Kapitel. — Hier mag noch erwähnt werden, daß Berendes dreimal falsch citirt. Die Uebersetzung des griechischen Gedichtes soll sich nach ihm in der Leidener Ausgabe Buchanans von 1725 „epigr. I 67" finden; es ist aber Epigrammatum lib. I nr. 67 (p. 876) ein Distichon „in St. Doletum", die folgende Nummer 68 stammt zwar

Nebenbei wird von Berendes Taubmanns Benutzung des griechischen „Fragmentes" zu einem Hochzeitsgedichte erwähnt und weiter gesagt, daß nach dieser lateinischen Bearbeitung Titz sein „Poetisches Frauenzimmer" habe erscheinen lassen. Auf Taubmann ist Berendes durch die von ihm selbst citirte Fischersche Ausgabe der deutschen Gedichte Titzens aufmerksam geworden; dort ist S. 276 der vollständige Titel des Titzschen Gedichtes abgedruckt, welcher lautet: „Poetisches Frauen-Zimmer, Nach Simonides Griechischer Erfindung, und Taubmanns Lateinischer Abbildung" u. s. w.; dort findet sich auch schon das von Berendes nachgeschriebene Citat: „Epulum Musaeum, Lips. 1604, p. 572 sqq." Mehr, als bei Fischer steht, sagt Berendes über Taubmann nicht; ja er sagt noch weniger: er läßt sich den von Fischer angeführten Titel des Taubmannschen Gedichtes, „Gynaeceum Poeticum", entgehen und leitet dafür aus Moscherosch den Titel des Titzschen Gedichtes her. Von einer etwaigen Benutzung Taubmanns durch Rachel ist bei Berendes mit keinem Worte die Rede[14]. — An einer andern Stelle spricht Berendes[15] über die Quellen zur siebten und achten Satire. Er wendet sich hier zunächst gegen Wippel[16]: „Plutarch hat er . . . nicht benutzt, wenigstens nicht, soweit „περὶ πολυφιλίας" und „πῶς ἄν τις διακρίνειε κόλακα τοῦ φίλου" in Betracht kommen. Was er aus Cicero, de

---

„e Graeco Simonidis", enthält aber nur den einen Vers: „Nec ullus expers criminis, nec mortis est"; — die Uebersetzung des Semonides von der Weiber Abstammung steht gar nicht unter den Epigrammen, sondern in „Iambon liber" nr. 10 (p. 355—358)! Zweitens findet sich die erstere der von Berendes angezogenen Schilderungen des Meeres nicht, wie dieser citirt, silv. IV p. 53, sondern p. 334; drittens die andere Schilderung des Meeres nicht silv. IV p. 56, sondern p. 338 der Leidener Ausgabe von 1725 (jene Vers 80 ff., diese Vers 241 ff.)!

[14] Ueber das Verhältnis der ersten Satire zu Taubmann sieh unten das vierte Kapitel. — Ich bin nicht erst durch Berendes oder Fischer auf Taubmann aufmerksam geworden, sondern habe schon in früheren Jahren fast sämtliche Werke Taubmanns gekannt und gelesen (vgl. meinen Aufsatz „Neues über Friedrich Taubmann", in: „Die Gegenwart" 1882 Nr. 36), lange bevor ich von Rachel wußte, bei dessen späterer Lesung ich sogleich an Taubmanns Gynaeceum Poeticum erinnert wurde.

[15] a. a. O. S. 25 f.

[16] Vgl. oben S. 8.

amicitia genommen haben kann, ist gering; es findet sich in den Versen 33—60, die die Eigenschaften des wahren Freundes angeben. Dagegen hat Rachel unverkennbar in einem Teile seiner [siebten] Satire den ‚Freund in der Noth‘ des Schuppius verwertet..." Dies wird dann im einzelnen bewiesen. Auch mit der Behauptung, daß Rachel die oben genannten Schriften des Plutarchos nicht benutzt habe, mag Berendes recht haben. Wippels Notiz scheint auf einen Gedächtnisfehler zurückgeführt werden zu müssen: bei einigen Stellen der vierten Satire („Die Kinder-Zucht") kann unserem Dichter die Plutarchische Schrift „περὶ παιδῶν ἀγωγῆς" vorgeschwebt haben. Den Plutarchos „tractirte" Rachel, nach Sach a. a. O. S. 39, in der ersten Klasse zu Schleswig. — Was die achte Satire betrifft, so hat, wie Berendes richtig hervorhebt, „Opitzens Buch von der deutschen Poeterey dem Dichter nicht nur den Stoff zu seinen theoretischen Erörterungen gegeben, sondern auch die Ausgangspunkte des satirischen Teiles". Für Einzelheiten kommt noch Opitz' Gedicht an Zinkgref in Betracht. Auch der schon von Wippel für diese Satire angezogene Horatius wird von Berendes genannt: aber vieles, was Horatius über den im „Poeten" behandelten Gegenstand sagt, „fand Rachel bereits in dem Buche von der deutschen Poeterey"[17]. Einer zweiten Hauptquelle für diese Satire wird unten im vierten Kapitel gedacht werden.

---

[17] Berendes a. a. O. S. 60, in dem Abschnitte, wo er Rachels Abhängigkeit von römischen Klassikern in Einzelheiten unter dem Titel „Das klassische Element in Rachels Satiren" untersucht.

I.

Semonides' von Amorgos Jamben über die Weiber.

Die der erſten Satire Rachels zu Grunde liegende Fiction von der Abſtammung verſchiedener Arten Weiber von ebenſovielen ihren Eigenſchaften entſprechenden Thieren und Dingen begegnet uns zuerſt in den durch Joannes Stobaios (Anthologion LXXIII, 61) aufbewahrten Jamben des griechiſchen Dichters Semonides von Amorgos (um 660 v. Chr.). Sie heben an:

Χωρὶς γυναικὸς θεὸς ἐποίησεν νόον
Τὰ πρῶτα . . . .
(„Verſchieden ſchuf der Gott des Weibes Sinnesart
Im Anfang". . . . .)

Nach dieſem kurzen Eingange werden 9 Arten böſer Weiber der Reihe nach hergeleitet: 1. ἐξ ὑός („von der Sau", V. 2—6); 2. ἐξ ἀλώπεκος („vom Fuchſe", V. 7—11); 3. ἐκ κυνός („vom Hunde", V. 12—20); 4. γηίνην („von Erde", V. 21—26); 5. ἐκ θαλάσσης („vom Meere", V. 27—42); 6. ἔκ τε σποδιῆς[18] καὶ ὄνου („von der Aſche und vom Eſel", V. 43—49); 7. ἐκ γαλῆς („vom Wieſel", V. 50—56); 8. Τὴν δ' ἵππος ἁβρὴ χαιτέεσσ' ἐγείνατο („Und die gebar die Stute üppig, mähnumwallt", V. 57—70); 9. ἐκ πιθήκου („vom Affen", V. 71—82). Darauf folgt eine 10. Art Weiber, das Muſterweib, welches Semonides ἐκ μελίσσης („von der Biene", V. 83—91)

---

[18] Dies iſt die alte Lesart. Th. Bergk (in deſſen Poëtae lyrici Graeci, ed. IV vol. II, Lips. 1882, p. 446—453 die Jamben ſtehen) lieſt: ἐκ πελιδνῆς „von der ſchwarzblauen" (grauen?), als Attribut zu ὄνου, „Eſelin".

herleitet[19]. Der Schluß (V. 92—118) beklagt das Los der Ehemänner.

Die von Semonides angenommene Anzahl der Arten böser Weiber findet sich nicht mehr bei Rachel; er hat statt neun nur sieben. Auch die Reihenfolge ist bei Rachel eine andere. Er beginnt mit dem „von Koth und fauler Erd" erschaffenen Weibe (bei Semonides Nr. 4). Dann folgen der Reihe nach die Weiberarten, welche abstammen: „von der Sau" (Sem. 1); „von einem Fuchs" (Sem. 2); „vom Hunde" (Sem. 3); „vom Meer und ihren stolzen Wellen" (Sem. 5); „von der Ganß"; „von einem Pfauen". Die beiden letzteren hat Semonides nicht. Es finden sich also bei Rachel nur 5 Typen böser Weiber aus dem griechischen Gedicht wieder; die übrigen 4 (die vier letzten bei Semonides: Asche-Esel, Wiesel, Stute, Affe) sind verschwunden, und zwar Wiesel und Affe, ohne eine Spur hinterlassen zu haben, während als Anklänge an die beiden andern folgende Stellen aufgefaßt werden können: „Ist sie gleich Esels faul" (V. 228) und: „So streut sie in den Wind den ausgekämmten Mahn, / Gleich wie ein geiles Roß" (V. 332 f.). Die 10. Art Weiber hat bei Rachel ebensowie bei Semonides „den Ursprung von den Bienen".

Eine Vergleichung der Jamben des Semonides und der ersten Satire Rachels läßt auch im einzelnen nichts Verwandtes zwischen beiden erkennen, was nicht zugleich in der unten, Kapitel IV zu besprechenden Hauptquelle Rachels vorliegt. Zwar scheinen auf den ersten Blick der V. 239 gebrauchte Eigenname „Melissa" (das griechische Wort für „Biene", das bei Rachel aber nicht unter diesem Typus, sondern in der seiner fünften Nummer angehängten Abschweifung über den Unsegen einer reichen Mitgift sich findet), zweitens das dem Rosse V. 333 beigelegte Attribut „geil" (vgl. ἀβρή), drittens V. 360: „Er fähret wie ein Prinz, und reitet wie

---

[19] Ein Jahrhundert nach Semonides ließ Photylides von Milet (um 540 v. Chr.) die Weiber von vier verschiedenen Thieren ihren Ursprung nehmen: von der Stute (ἵππου χαιτηέσσης), von der Sau (von dieser Klasse sagt er auffallenderweise, daß sie weder böse noch gut sei), vom Hunde und von der Biene. Die 8 Hexameter, welche gleichfalls aus Stobaios, Anthol. LXXIII stammen, stehen bei Bergk a. O. S. 69.

ein Mann" (Semonides spricht am Ende des entsprechenden Typus von einem τύραννος ἢ σκηπτοῦχος), welche drei Punkte sich in der Kapitel IV zu erwähnenden Hauptquelle nicht finden, direct auf Semonides zurückzugehen. Aber bei näherer Betrachtung wird sich ergeben, daß der bloße Gedanke an das griechische Wort für „Biene" Rachel auf den Eigennamen „Melissa" führen mußte; daß ferner „geil" nicht eine Uebersetzung von „ἀβρή" zu sein braucht; daß endlich V. 360 keine wörtliche Uebersetzung des entsprechenden Verses bei Semonides ist und Rachel wohl von selbst darauf verfallen konnte, daß der ein prachtliebendes Weib ertragende Ehemann nur ein vornehmer Herr sein könne. Dahingegen weist die erste Satire Rachels eine Menge bei Semonides nicht vorhandener Gedanken auf. Es liegen also keine Gründe zu der Annahme vor, daß Rachel die Jamben des Semonides selbst benutzt habe[20]. Rachel scheint übrigens in den griechischen Dichtern nicht sonderlich bewandert gewesen zu sein. Berendes führt nämlich in dem „Das klassische Element in Rachels Satiren" überschriebenen Abschnitt seiner Dissertation (S. 52 ff.) auch nicht eine einzige Stelle Rachels auf einen griechischen Schriftsteller zurück. In seiner achten Satire, „Der Poet", will Rachel zwar nur denjenigen als Dichter gelten lassen,

„Der aus den Römern weiß, den Griechen hat gesehen, Was für gelahrt, beredt und sinnreich kan bestehen"[21].

Er erwähnt jedoch ebendort von griechischen Dichtern nur zwei („Pindar" V. 62 und „Homerus" V. 163, dessen Ilias er, nach Sach a. a. O. S. 39, in der ersten Klasse zu Schleswig „tractirte", „von der er einige Bücher in lateinische Verse übersetzt hatte"), außerdem die Dichterin Sappho (V. 163 u. 177 ff.); in den übrigen Satiren gar keine. Dagegen werden von ihm wenigstens 10 la-

---

[20] Sollte aber Rachel den Semonides einmal gelesen haben, so dürfte dies in der mir vorliegenden, durch den Buchdrucker Joh. Crispinus aus Arras veranstalteten und mit einer wörtlichen Uebersetzung in Prosa neben dem Texte versehenen Ausgabe der Γνωμόγραφοι (o. O. 1569 S. 156 ff.) geschehen sein, welche auch zwei von Rachel gekannte kleinere Gedichte enthält, worüber man Anm. 29 nachsehe.

[21] Sat. VIII V. 81 f.

teinische Dichter (einschließlich Neulateiner) genannt. Dazu kommt Terentius, dessen „Andria" er nach Sach a. a. O. auf der Domschule in Schleswig „tractirte", und 2 weitere lateinische Klassiker, deren Gedichte er nach Berendes' Untersuchung für einzelnes benutzt hat.

Es darf deshalb wohl angenommen werden, daß der in der lateinischen Dichtung viel belesenere Rachel von dem Inhalte des Semonideischen Gedichtes durch die Vermittelung einer freieren Uebersetzung oder Bearbeitung in lateinischer Sprache Kenntnis erlangt hat, deren es mehrere gab. Wenden wir uns zunächst der ältesten von den mir bekannt gewordenen zu.

II.

George Buchanan's lateinische Uebersetzung der Jamben des Semonides über die Weiber.

Der Schotte George Buchanan oder, wie er sich meistens nannte, Georgius Buchananus (1506—1582) giebt in seinen lateinischen Gedichten [22] und zwar in „Iambon liber"· nr. 10 [23] eine Uebersetzung des griechischen Gedichtes unter der Ueberschrift „E Graeco Simonidis". Diese Uebersetzung ist im Versmaße des Originals verfaßt und, obwohl sie die Verszahl (118) des letztern innehält, nicht ganz wörtlich, sondern hie und da umschreibend und einzelne Epitheta weiter ausmalend, aber auch manchmal zusammenziehend und kürzer fassend. Man vergleiche z. B. V. 12 ff. bei Semonides [24]:

Τὴν δ' ἐκ κυνὸς λιτουργὸν αὐτομήτορα,
Ἣ πάντ' ἀκοῦσαι, πάντα δ' εἰδέναι θέλει,
Πάντη δὲ παπταίνουσα καὶ πλανωμένη
Λέληκεν, ἢν καὶ μηδέν' ἀνθρώπων ὁρᾷ.

---

[22] Geor: Bvchanani Scoti Poemata quae extant. Editio postrema. Amstelodami, Apud Ioannem Ianssonium. Anno 1641. p. 360—363. — Georgii Buchanani ... opera omnia ... Tomus secundus: In quo continentur, Poemata ejus omnia ... Pars prima. Lugduni Batavorum, Apud Johannem Arnoldum Langerak. MDCCXXV. p. 355—358. — Weitere Ausgaben seiner Gedichte sieh bei Goedeke, Grundriß 2. Aufl. II. S. 123 f. 139.

[23] Ueber Berendes' falsches Citat sieh Anm. 13.

[24] Citirt nach dem Texte, wie ihn die Ausgabe der Γνωμολόγοι vom J. 1569 S. 159 bietet.

wovon die von Joh. Crispinus beigefügte wörtliche Uebersetzung lautet:
>Aliam ex cane maledicam, parenti suae similem,
>Quae omnia et audire et scire cupit:
>Vndequaque autem circunspiciens et oberrans
>Latrat, etsi neminem viderit,

mit der freieren Uebertragung Buchanans:
>Alia parentem moribus refert canem,
>Maledica, cuncta audire, cuncta cernere
>Intenta, et acri cuncta figens lumine,
>Passim errat: et si neminem conspexerit,
>Oblatrat . . . .

Ferner V. 21 ff. bei Semonides:
>Τὴν δὲ πλάσαντες γηΐνην Ὀλύμπιοι
>Ἔδωκαν ἀνδρί πονηρόν· οὔτε γὰρ κακὸν,
>Οὔτ' ἐσθλὸν οὐδὲν οἶδε τοιαύτη γυνή·
>Ἔργων δὲ μοῦνον ἐσθίειν ἐπίσταται·
>Χ' ὅταν κακὸν χειμῶνα ποιήσῃ θεὸς,
>Ῥιγῶσα δίφρον ἆσσον ἕλκεται πυρός.

wovon die wörtliche Uebersetzung lautet:
>Aliam ex tellure formatam caelicolae
>Marito dederunt in damnum. Nam neque mali,
>Neque boni quippiam callet huiusmodi mulier:
>Sed vnicum (tantum) opus nouit, (scilicet) comedere.
>Et cum duram hyemem Deus fecerit,
>Ipsa frigens ad ignem propius sellam attrahit,

mit der statt 6 nur 5 Verse ausmachenden Uebertragung Buchanans:
>Hanc fabricarunt terream Dii, inutile
>Onus marito, nec boni quicquam aut mali
>Quae norit: unum id docta tantum, gnaviter
>Comesse, et algens bruma cum induxit nives,
>Horrens sedile propius ad focum admovet

Den Eingang des griechischen Gedichtes giebt Buchanan folgendermaßen wieder:
>Primum seorsum a foemina mentem Deus
>Creavit . . . . ;

er verbindet also nicht, wie doch schon die wörtliche Uebersetzung des Joh. Crispinus thut, γυναικὸς mit νόον (mulieris mentem), sondern läßt den Genetiv von χωρίς abhangen. Die 10 Typen übersetzt Buchanan mit: 1. sus; 2. vulpes; 3. canis; 4. „terrea" (Crispinus: ex tellure formata); 5. mare; 6. cinis et asina (Crispinus: c. et asinus); 7. mustela; 8. equa; 9. simia; 10. apis (Crispinus: apicula).

Buchanan genoß als lateinischer Dichter großes Ansehen; besonders geschätzt war einmal seine Paraphrasis psalmorum Davidis poëtica; sodann seine Satiren und Epigramme. Auf erstere bezieht sich das von Rachel in seiner Panegyris Menippea (Kilonii 1669 p. 103) dem gelehrten Schotten gewidmete Distichon [25]:

Inferior nullo tota de gente Quiritum,
Aptavit Latiae plectra Syrissa [26] lyrae.

Und wo Rachel in seiner achten Satire von den lustigen Poeten spricht, die, vom Weine angeregt, allerlei Kurzweiliges vorzubringen wissen und auch wohl dem rechten Mann eins versetzen, aber ohne zu verwunden, da gedenkt er auch Buchanans:

„So auch der Buchenan, Minerven liebstes Kind,
Dem weder Römer, Griech noch Teutscher abgewinnt." [27]

Buchanan war also unserem Satiriker wohlbekannt und wurde von ihm hochgeschätzt. Danach scheint Berendes' Vermuthung, daß Rachel die Uebersetzung Buchanans vor sich gehabt habe, etwas für sich zu haben. Doch sind die von Berendes vorgebrachten Gründe [28] nicht ausreichend. Außer jener rühmenden Erwähnung Buchanans bei Rachel bezieht er sich auf die beiden Dichtern gemeinsame Schilderung des Posidipp und Metrodor, die bei Rachel in der zweiten Satire V. 33—42 vorkommt. Hier dürfte aber keine Benutzung Buchanans vorliegen. Denn die verschiedenen Dinge, an denen Posidipp immer nur die Schattenseite gewahrt, beginnen bei Rachel nicht, wie bei Buchanan, mit dem mühevollen Landbau, der erst an dritter Stelle erscheint, sondern mit dem bei Buchanan an dritter

---

[25] Mitgetheilt von Schröder a. a. O. S. 185 Anm.
[26] Hier s. v. w. „hebräisch"; Palästina galt für einen Theil Syriens (Plinius, N. H. V 12 [13], 1).
[27] Sat. VIII V. 59 f.
[28] Vgl. oben S. 10 f.

Stelle genannten Streit auf dem Markte. Die Reihenfolge bei Rachel ist aber dieselbe wie im griechischen Original. Er wird also die 5 dem Poseidippos zugeschriebenen Distichen selbst vor Augen gehabt haben; desgleichen die 5 Gegendistichen des Metroboros, obwohl Rachel bei diesem nicht verweilt[20]. Der dritte und letzte der von Berendes für seine Vermuthung beigebrachten Gründe ist der einzige, der sich auf eine Vergleichung von Rachels erster Satire — aber nicht mit Buchanans Uebersetzung des Semonides, sondern mit einem Hochzeitsgedichte Buchanans stützt: „Rachels Darstellung des ruhigen und aufgeregten Meeres I, 189 ff. mag ebenfalls von Buchanan beeinflußt sein... [Jetzt folgen zwei Stellen aus dem epithalamium.] Allerdings kannte Rachel das Meer auch aus eigener Anschauung genügend." Aber das Meer kennen und es poetisch beschreiben, ist zweierlei. Hier handelt es sich darum, festzustellen, ob bei der poetischen Beschreibung Rachel dieselben Bilder, denselben mythologischen Aufputz u. dergl. gebraucht hat, wie Buchanan in dem angezogenen Hochzeitsgedichte. Und das kann, allerdings nur bezüglich weniger Verse, bejaht werden. Wir finden „Phöbus" bei Rachel V. 193 wieder, auch sein „Haupt" V. 194, dem Rachel das Attribut „gülden" beilegt (wie Buchanan zwar den Wagen des Sonnengottes bezeichnet) und von dem er sagt, daß es sich noch eins so kraus male im Meere (vgl. Buchanan: micat tremulo crispatus lumine pontus); das „Schmeicheln" des Himmels ist von Rachel für das als Thetis personificirte Meer V. 196 in Anspruch genommen; auch an die zweite der von Berendes angezogenen Stellen aus Buchanans Hochzeitsgedicht können leise Anklänge bei Rachel gemahnen. Eine Abhängigkeit Rachels in seiner ersten Satire von Buchanans Uebersetzung des Semonides — wobei ja nur die etwas freier übertragenen Stellen in Betracht kommen — muß ich nach angestellter Vergleichung verneinen.

[20] Beide Gedichte finden sich in denselben Γνωμόγραφοι von 1569 (S. 196 ff.), die auch des Semonides Jamben enthalten. Sie werden sicher aber noch in anderen alten Sammlungen abgedruckt sein, welche nicht zugleich Semonides enthalten. Die Distichen des Poseidippos stammen ebensowie Semonides aus Stobaios' Anthologion und zwar aus Tit. XCVIII, wo aber, wenigstens in den von mir eingesehenen Ausgaben, die Gegendistichen des Metroboros nicht folgen.

III.

Sebastian Scheffer's Choriamben „de novem mulierum pellibus".

Eine ganz freie Bearbeitung der Jamben des Semonides über die Weiber giebt der Neulateiner Sebastian Scheffer aus Altenberg in seinen 1572 erschienenen Gedichten. Er wurde am 10. November 1546 geboren, kam 1560 auf die Schule nach Meißen, wo er den Unterricht des in der Dichtkunst ausgezeichneten Rectors Georg Fabricius genoß, bezog 1566 die Universität Leipzig und ging von dort Anfang November 1570 auf Reisen nach Süddeutschland. Weitere Nachrichten über sein Leben als diese, welche ich aus seinen Gedichten, besonders den Eteostichen (fol. 151), geschöpft habe, fehlen[30]. Unter seinen Bekannten, an welche er einzelne Gedichte richtete, sind bemerkenswerth der damals in großem Ansehen stehende gekrönte Dichter Paulus Melissus (Schede) und der jugendliche Frankfurter Advocat Johann Fischart, der später so berühmt gewordene Satiriker. Scheffers Gedichte führen den Titel: „Poëmata Sebastiani Schefferi Aldenbergensis... Francofurti ad Moenum, Anno M.D.LXXII"[31]

---

[30] In Goedekes Grundriß 2. Aufl. II S. 107 ist, was sein Leben betrifft, weiter nichts als seine Heimat angegeben und diese falsch; denn er stammte nicht aus Altenburg, sondern aus Altenberg im Meißnischen (jetzt königl. sächsische Kreishauptmannschaft Dresden).

[31] Ich benutzte das Exemplar der Kaiserl. Universitäts- und Landes-Bibliothek zu Straßburg, welchem: Poematum Ioannis Stigelij Lib. VII -IX., Ienae 1569 resp. 1572, sowie: Iohannis Hederici [Heidenreich] ... Poematum Libri IV, Gorlicii 1578 vorgebunden sind. — In den von Goedeke a. a. O. außer den Poemata angeführten „Delitiae poetarum Germ.", welche im V. Bande einige wenige Gedichte Scheffers enthalten, sind die Choriamben über die Weiber nicht wiedergegeben.

und enthalten 208 Octavblätter, denen „Bartholomaeus Lombardus Veronensis, De poetica" voraufgeschickt ist. Auf Blatt 193 f. befinden sich die Choriamben „de novem mulierum pellibus".

Scheffer erwähnt den Semonides nicht, hat auch von ihm nicht viel mehr als den Grundgedanken. Er bedient sich eines anderen Versmaßes als der griechische Dichter und handelt nicht von verschiedenen Arten Weiber, sondern von den verschiedenen Häuten, die jedem Weibe eigen sind und die es blicken läßt, je nachdem es von seinem Manne behandelt wird: das Weib häutet sich achtmal, und erst die neunte Haut zeigt den Menschen. Von den Namen der Semonideischen Typen finden wir nur drei wieder, nämlich Hund, Pferd und Sau, und zwar in der nöthig gewordenen veränderten Ordnung; neu sind: Fisch, Bär, Gans, Hase und Katze[32]. Ich lasse das ganze, nur 68 Verse betragende Gedicht folgen, da die „Poëmata Schefferi" sehr selten sind, was meine Nachforschungen nach denselben ergeben haben und schon der Umstand beweist, daß bei Goedeke kein Fundort verzeichnet ist.

DE NOVEM MVLIERVM
pellibus.

Sexum foemineum fuge,
    Pelles foemineum corpus habet nouem.
Piscis prima cutem refert
    Eius, qui rigido stipite tunditur,
Hic quassus veluti silet,
    Sic primum mulier caesa molestiam
Tristem deuorat ictuum,
    Nec rumpit querula voce silentium.

---

[32] Die Schefferschen Häute finden sich, auf drei reducirt, in einer alten Sprichwörtersammlung (von Seb. Frank u. a.; Frankfurt 1548; — auf der Großh. Universitäts-Bibliothek zu Freiburg i. B.) Blatt 88 wieder: „Die weiber haben drei heut. Die weiber, sagt mann, haben erstlich ein hundshaut, das ist, wann man sie schilt oder strafft, so bellen sie hinwiber wie ein hundt, biff, biff. Die ander haut ist ein sewhaut, da muß man scharpff haben, soll man hindurch hawen, Wirt sie aber getroffen die sewhaut, so kröcht sie, Och, och, wie ein saw. Die brit haut ist die menschen haut" u. s. w.

Vrsi dicitur altera,
    Quae pulsata diu multa remurmurat.
Huic vicinior anseris
    Est, quam si tua pugnis rabies ferit,
Confusis blaterat sonis,
    Obtunditque tibi aures muliercula.
Si pellem similem canis
    Dextra contigeris, latrat iniquius.
Sin hanc qua tegitur lepus,
    Plantas consulit, et pestiferam luem
Optat visceribus tuis.
    Audax insequeris vir, corium manu
Et dura violas equi,
    Retro calcitrat, et verberat aëra,
Teque ipsum, nisi cesseris,
    Aduerso cubitu calceque percutit.
Pulsas vlterius cutem
    Felis, viribus os inuolat in tuum
Totis, et miserabilem
    Vultum sanguineis sauciat vnguibus.
Sin, quas suppeditat tibi
    Flagrans ira, suillam trabibus quatis
Pellem, grunnit, vt illius
    Vel saxum videatur miserescere.
Tu saxo quoque durior
    Pergas verberibus saeua viriliter
Saeuis addere verbera:
    Humanam inuenies, ne dubita, cutem.
Tunc tunc res erit in vado
    Omnis, Victor ouans tunc vocitaberis.
Nam, circum tua brachijs
    Nexis colla, nouas blanditias dabit
Coniunx, et veniam petet:
    Carnis cara [33] tuae, me sociam thori,

---

[33] Mehrzahl von carum, „quo condiri edulia nostra solent" (Fons Latinitatis, Francof. 1658 p. 187), also „Würze".

Mi vir desine viscera
Vltrici grauius plectere dextera.
Peccaui fateor, meam
Mentem (proh) iuuenilem et facilem sequj
His instruxit anilibus
Nuper consilijs, nequiciam docet
Quae nuptas, vetula improba:
Vt contraria semper tibi viuerem,
Et vesana facesserem
Omni continuo lite negocium.
Nec solum fateor scelus,
Verum me sceleris poenitet et pudet.
Posthac polliceor fidem
Constantem, patiens et faciam omnia
Quae tu, lux mea, postulas,
Et quae connubialis pietas iubet.
Nunquam daemonis assecla
Seducat Stygijs me monitis anus.
Te solum dominum colam,
Te solum monitorem cupide audiam.
Hanc causam modo Curiae
Non ad iudicium, sed Camerae precor
Defer: namque opus est ibj
Ingenti, rabula teste, pecunia,
Longo et tempore: protinus
Hic lites dirimuntur sine sumptibus.

Sollte Rachel bei der Aufnahme der Gans unter seine Typen — denn es wird nach Vorführung des Schefferschen Gedichtes höchstens nur der Erörterung dieses Punktes bedürfen — vielleicht durch Scheffer beeinflußt worden sein? Aber die Gans findet sich auch in der Hauptquelle Rachels, von welcher im folgenden Kapitel die Rede sein wird, so daß der bloße Name dieses Typus nicht erst auf Scheffer zurückgeführt zu werden braucht, von dem sich Rachel sonst in keiner Weise abhängig erweist.

Ebensowenig hat Rachels erste Satire mit einem andern Gedichte Scheffers (fol. 197) gemein, dessen Ueberschrift zu der

Annahme einer Abhängigkeit verleiten könnte. Dieselbe lautet: „Septem mulierum proprietates, quas in sua silua nuptiali enumerat Ioan. Neuizani"[34]. Es werden hier wieder einem jeden Weibe anhaftende Eigenthümlichkeiten vorgebracht, diesmal sieben an der Zahl, aber nicht nur böser Art, und verschieden je nach dem Orte, an welchem sich das Weib gerade befindet. Auch dieses Gedicht lasse ich folgen:

In aedibus sacris morantes foeminae
    Sunt ipsa prorsus sanctitas.
Has alloquuntur ora si virilia,
    Meri videntur angelj,
In proprijs inter domesticos focis
    Aequant furore daemonas.
Eae fenestris in fatigatis pares
    Sese probant bufonibus.
Picas loquacitate vincunt garrulas,
    Has porta quando congregat.
In hortulis virentibus caprae, in thoro
    Sunt foetor: ecce foeminas.

---

[34] In dessen (auf der Universitäts-Bibliothek zu Freiburg i. B. befindlichen) Werke, „Clarissimi iurisconsulti. D. Ioan. de Neuizanis. ciuis Astenn. Sylua nuptialis" u. s. w. o. C. u. J. (1522), heißt es fol. XXXVII: „Sunt etiam qui enumerent septem mulierum proprietates, sanctas videlicet in ecclesia. Angelos in accessu, demones in domo, Bubones in fenestra; pichas in porta; capras in orto; fetorem in lecto." Der Verfasser dieses eine Menge Stellen wider die Weiber enthaltenden Buches hat, wie Jöcher in seinem Gelehrtenlexikon berichtet, deswegen nicht einmal ein Weib bekommen können, das ihm ordentlich aufgewartet hätte.

IV.
Friedrich Taubmann's „Gynaeceum Poeticum".

Der durch seine Witze und lustigen Streiche mehr als durch seine lateinischen Gedichte und philologischen Arbeiten der Gegenwart bekannte Wittenberger Professor Friedrich Taubmann (1565—1613), ein geborener Franke, lag schon als Schüler in Heilbronn (1582 bis 1590) der Dichtkunst ob und verfaßte dort außer anderen lateinischen Gedichten auch ein „Gynaeceum Poeticum" [35], welches er in seine zuerst 1597 erschienenen gesammelten Gedichte aufnahm [36]. Von dieser Sammlung besitze ich die 3. Ausgabe, die vom Jahre 1615, von der Ebert sagt, daß er sie nur in Trillers Katalog gefunden habe, und Ebeling [37] behauptet, daß sie nicht existire! Sie hat folgenden Titel: „Frid. Taubmani Melodaesia sive Epulum Musaeum. In quo, praeter recens apparatas, lautiores iterum apponuntur quam plurimae de fugitivis olim Columbis Poeticis. Et una eduntur Ludi Juveniles... Lipsiae, Sumptibus Thomae Schureri. Cum Privilegio. Anno CIƆ. IƆ. C. XV." (614 pp. in 8⁰.) Auf den Seiten 570—587 steht jenes Jugendgedicht mit der Ueberschrift: „Gynaeceum Poeticum Graeculi veteris: Exhibitum noviter Nicodemo Laurino, et

---

[35] H. L. Schmitt, Narratio de Friderico Taubmanno adolescente. Editio II. Lipsiae 1861. p. 31.

[36] F. A. Ebert, Friedrich Taubmanns Leben und Verdienste. Eisenberg 1814. S. 109.

[37] Friedrich W. Ebeling, Friedrich Taubmann. 3. Aufl. Leipzig 1884. S. 140 Anm. 3. (Diese 3. Aufl. des Ebelingschen Buches ist bloße Titelauflage. Ich besprach das Buch bei seinem ersten Erscheinen, sieh „Die Gegenwart" 1882 Nr. 36).

Apeloniae Süssemundae, Sponsis", womit also auf eine griechische Vorlage, aber ohne Nennung des Semonides [38], hingewiesen und deren Bearbeitung in der Form eines Hochzeitsgedichtes angekündigt wird.

Dasselbe umfaßt 247 Distichen, also 494 Verse. Nach einer allgemeinen Einleitung (V. 1—34), in welcher der Dichter vom Brautpaare ausgeht und sein Vorhaben kundthut, die Weiber zum Gegenstande seines Hochzeitsgedichtes zu nehmen, aber ohne die Ansicht des bösen Griechen über dieselben zu theilen, kommt Taubmann V. 35 zum eigentlichen Thema, zu der Abstammung der Weiber, die wie bei Semonides eine zehnfache ist (V. 41—456), worauf er sich wieder mit dem Brautpaar beschäftigt und mit einigen Worten über sein Gedicht (V. 489 ff.) schließt. Die Typen, von denen bei Taubmann die Weiber abstammen, sind der Reihe nach diese: 1. lutum (V. 41—56); 2. sus (V. 57—88); 3. vulpes (V. 89—120); 4. canis (V. 121—176); 5. mare (V. 177—282); 6. anser (V. 283—316); 7. cinis et asina (V. 317—340); 8. mustella (V. 341—360); 9. caballus (V. 361—414); 10. apis (V. 415—456). Er hat also, wenn auch in anderer Reihenfolge, alle Semonideischen Typen mit einziger Ausnahme des Affen, für welchen er die Gans eingesetzt hat, wozu er durch Scheffer [39] beeinflußt sein könnte. Zu dem achten Typus mag noch bemerkt werden, daß Taubmann den Zusatz „mus natus in agro" (V. 341) nur darum gemacht hat, um das Wiesel von einer ebenso wie dieses mustella genannten Fischart zu unterscheiden, und nicht etwa an eine Feldmaus gedacht hat; das zeigt die V. 343 folgende Erwähnung der dem Wiesel von den Alten beigemessenen vorbedeutenden Kraft („tristi nimis alite nata est!"), worüber

---

[38] Semonides findet sich auch sonst nirgends bei Taubmann genannt, über dessen griechische Kenntnisse die Meinungen seiner Biographen auseinandergehen (sieh Ebert a. a. O. S. 72, Schmitt l. c. p. 39, Ebeling a. a. O. S. 139; vgl. auch Frid. Taubmani Postuma Schediasmata, Wittebergae 1616 p. 221). Auch Buchanan wird von Taubmann nicht erwähnt.

[39] Sieh oben S. 24. Taubmann erwähnt übrigens Scheffer nirgends, und die Gans mußte wohl jedem neueren Bearbeiter des griechischen Gedichtes von selbst einfallen.

Taubmann selbst in seinem Plautus-Commentar⁴⁰ gehandelt hat. Bei allen Typen Taubmanns kehrt jedesmal der zweite Vers wieder; er lautet bei den ersten acht:

Quisquis amas, tantum disce cavere malum;

bei dem neunten mit bloßer Aenderung des Schlußwortes:

Quisquis amas, tantum disce cavere bonum;

endlich beim zehnten Typus mit Aenderung der beiden letzten Worte:

Quisquis amas, tantum disce perire⁴¹ bonum.

Ferner ist ein Refrain von Taubmann an den Schluß eines jeden der ersten acht Typen gesetzt:

Sed tu mentiris, vanissime Graecule: non tam
   Faemina projectae conditionis homo est;

am Schlusse des neunten Typus stehen dafür folgende, zum Musterweibe gut überleitende Verse — wie denn der neunte Typus bei Taubmann eine Art Zwischenglied zwischen den bösen Weibern und dem Idealweibe bildet —:

Graecule nunc cor habes: propior nunc Graecule
           vero es.
Tam lautae mulier conditionis homo est;

am Schlusse des zehnten Typus fehlt jede Bezugnahme auf den griechischen Dichter, als wenn derselbe nicht auch schon die Biene aufzuweisen hätte. Auch in der Ausführung der einzelnen Typen zeigt sich das Taubmannsche Gedicht als eine auf dem Grunde der griechischen Vorlage stehende, aber durch dichterische Ausschmückung und selbständige Weiterbildung des Stoffes ausgezeichnete Bearbeitung, wie aus den weiter unten angeführten Beispielen zu ersehen ist.

In welchem Verhältnis zu der Taubmannschen Bearbeitung des Semonides steht nun Rachels erste Satire? — Zuvor noch diese Frage: Kannte er Taubmann? Darauf geben uns zwei Stellen in Rachels Werken eine bejahende Antwort. Wo er in seiner achten

---

⁴⁰ M. Acci Plauti Comoediae ... Studio et industria Frid. Taubmanni, Franci ... Apud Zachariam Schurerum, Bibliopol. Anno Domini MDCXII. p. 1076.
⁴¹ In der Plautinischen Bedeutung „heftig lieben", eigtl. „vor Sehnsucht nach etwas vergehen"; vgl. Taubmanns Plautus-Commentar p. 1166.

Satire von den luſtigen Poeten im guten Sinne des Wortes ſpricht, nennt er in erſter Linie Taubmann:

„Wahr iſt, daß Phoebus Volck faſt luſtig iſt von Hertzen,
Und meiſtentheils geſcheut, doch höflich auch im Schertzen,
Bevorab ſo ſie nur in etwas ſind getränckt
Mit dem berühmten Saft, den uns Lyäus ſchenckt.
Da wiſſen ſie bald eins und anders vorzubringen
Zur angenehmen Luſt, jedoch von ſolchen Dingen,
Die nicht verdrießlich ſind. Iſt da der rechte Mann;
Sie machen ihm wol eins, jedoch gar höflich an.
Ihr Stich der blutet nicht. So, hab ich wol geleſen,
Soll, aller Francken Ruhm, der Taubmann
ſeyn geweſen"[42].

Und nicht nur als Dichter, ſondern auch als Philolog war er Rachel bekannt, wie aus deſſen Diſtichen hervorgeht, worin ſeiner Ausgaben des Virgilius und Plautus gedacht wird:

Deliciae Phoebi, Francoae gloria gentis,
  Ex te Virgilius lumen et Umber habet[43].

Rachel mag auf Taubmann ſchon durch ſeinen Lehrer Henricus Vagetius, Profeſſor am akademiſchen Gymnaſium zu Hamburg[44], hingewieſen ſein; derſelbe hatte in Wittenberg[45] ſtudirt und war dort zu Taubmann in Beziehungen getreten, was ein von dieſem an ihn im Jahre 1613 gerichtetes Gedicht bezeugt[46]. Rachel kannte Taubmann aber nicht vom bloßen Hörenſagen, ſondern aus ſeinen Werken ſelbſt. Das beweiſen z. B. die Abſchnitte in Rachels achter Satire, welche von der geringen Achtung der Poeten beim Volk (V. 2—48), von der unberufenen Schar der Gelegenheitsdichter (V. 109—144) und von dem Mißbrauch bei Dichterkrönungen (V. 401—428) handeln; ebendieſelben Schäden waren ſchon von

---

[42] Sat. VIII V. 49 ff.
[43] Panegyris Menippea, Kilonii 1669 p. 104. (Schröder a. a. O. S. 184 Anm.)
[44] Sach a. a. O. S. 7.
[45] Jöchers Gelehrtenlexikon s. v. Vagetius.
[46] Frid. Taubmani Postuma Schediasmata 1616 p. 130 sq. Das betr. Gedicht iſt vom 20. Jan. 1613 datirt; am 24. März deſſ. Jahres ſtarb Taubmann.

Taubmann in seiner zuerst 1602 erschienenen und in 6 Auflagen verbreiteten „Dissertatio de lingua latina" fast mit ebendenselben scharfen Ausdrücken verurtheilt worden⁴⁷. Ferner vergleiche man Rachel, Sat. VIII V. 219 ff.:

„Kunst, Übung, steter Fleiß die machen einen Mann,
Der endlich ein Poet mit Ehren heißen kan.
Ja wer nicht von Natur hiezu ist wie gebohren,
Bey dem ist Kunst und Fleiß und Übung auch verlohren",

mit der Taubmannschen Wiedergabe eines alten Spruches:

Nascuntur fato, non fiunt arte Poëtae⁴⁸:

und weiter V. 223 ff.:

„Hör was der Römer spricht: Die Stadt gibt jährlich zwar
Der Bürgermeister zwey; jedoch nicht alle Jahr
Kommt ein Poet hervor . . . .",

mit Taubmanns Versen:

Consules fiunt quotannis et novi pro-Consules.
Solus aut Rex aut Poëta non quotannis nascitur.
Sic Catonum quispiam vetusti censûs autumat⁴⁹.

Doch kommen wir zur ersten Satire Rachels. Dieselbe ist überschrieben: „**Das Poetische Frauenzimmer** oder Böse Sieben." Sind nicht die gesperrten Worte eine wörtliche Ueber-

---

⁴⁷ Ueber Taubmanns Diss. de lingua lat. sieh Ebert a. a. O. S. 96 ff. 110 ff. u. Ebeling a. a. O. S. 186 f. 143. — Gegen den Unfug, der mit der Verleihung des Dichterkranzes getrieben wurde, eifert Taubmann auch in den Schediasmata Poetica innovata ... (Wittebergae) 1610 p. 380. 437. 467 u. ö.

⁴⁸ Taubmani Melodaesia 1615 p. 120. Auch in seiner Culex-Ausgabe 1618 p. 4. Wenig verändert findet sich der Vers unter Taubmanns Bildnis in den Taubmanniana, Berlin 1787. (Diese Ausgabe, welche weder Ebert noch Ebeling erwähnen, besitze ich.)

⁴⁹ Melodaesia 1615 p. 524. Auch Schediasmata 1610 p. 284, wo es also heißt: Nec tamen ignoro veteri jactata Quiriti:

Consul, Proconsul Roma fit in Urbe quotannis:
Rex solum aut Vates non quovis nascitur anno. —

Vgl. auch Andreas Tscherning († 1659) in seinem Gedicht auf Chph. Schlegels Hochzeit, Str. 4: „Ein Hauptmann, der kan werden, Ein Rahtsherr wird erkohren, Poeten nur gebohren." (Bei Balth. Kindermann, Der Deutsche Poët, Wittenberg 1664 S. 157.)

ſetzung der Taubmannſchen Ueberſchrift: Gynaeceum Poeticum?[50]
Zweitens: daß Rachels erſte Satire urſprünglich ein Hochzeitsgedicht geweſen iſt, ſagt der Verfaſſer ſelbſt im Vorbericht „an
den Leſer"; auch von Taubmanns Bearbeitung der Jamben des
Semonides wiſſen wir ſchon, daß ſie die Form eines Hochzeitsgedichtes
hat. Drittens: Rachel führt zwar nicht zehn, wie Taubmann,
ſondern bloß acht Arten Weiber vor; hiervon ſind aber **ſechs
Typen böſer Weiber ganz dieſelben wie bei Taubmann**
(darunter auch der nicht bei Semonides vorkommende Typus der
Gans), ja ſie treten in derſelben Reihenfolge auf wie bei Taubmann; nur beim ſiebten Typus wählt Rachel den Pfau, der dem
neunten Taubmannſchen Typus, dem Pferde, entſpricht, nicht ohne trif-
tigen Grund, wie wir noch ſehen werden; **der Typus des Muſter-
weibes iſt wieder bei beiden derſelbe, nämlich die Biene.**

Wenden wir uns nun zur Vergleichung im einzelnen. Rachel
kündigt V. 20 an:

„Mein Lieblein ſoll von nichts als **nur von Weibern ſeyn**";
desgleichen Taubmann V. 18:

Quin dicam; Nobis FAEMINA carmen erit.

Das eigentliche Thema wird von Rachel V. 25 ff. alſo eingeleitet:

„Da, wie die erſte Welt im Waſſer war ertruncken,
Zur Zeit Deukalions, als Atlas war verſuncken
In Thetis tiefen Schoß, gedachte Jupiter,
Wie dieſer Schaden doch zu wiederbringen wär,
Inſonderheit der Menſch. Er ſchuf aus edlen Samen,
Davon die Sterne ſelbſt den reinen Urſprung nahmen[61],
Das wehrte Manns-Geſchlecht, hernach der
Weiber Schaar,
Die nicht den Männern gleich von einer Ankunft[62] war";

---

[50] gynaeceum = Frauenzimmer im alten collectiviſchen Sinne. (Sieh
F. Kluge, Etymol. Wörterbuch der deutſchen Sprache 6. Aufl. 1899 s. v.)
„‚Poetiſch‘ nennt er ſie, weil er den Karakter jeder Frau von der Art, wie
ſie erſchaffen ſei, in ſeiner Weiſe poetiſch abzuleiten ſucht" (Sach a. a. O.
S. 18).

[61] Bei dieſem Verſe mag Rachel — wie Berendes a. a. O. S. 53
meint — an Ovid., Met. I, 78 gedacht haben: sive hunc divino semine fecit.

[62] Abkunft.

desgleichen von Taubmann V. 35 ff.:
>   Cum genus humanum fatali strage peremptum
>   Deucaleoneis interiisset aquis:
>   Juppiter infandam cupiens reparare ruinam,
>   Dis simileis primo fingit honore viros:
>   Inde maritaleis prolisque creantur in usûs,
>   Dispare materiae faemina multa modo.

Dann folgt der erste Typus: bei Rachel V. 33 ff.:
> „Die Erste ward von Koth und fauler Erd erschaffen.
> Ich wünsche daß mein Feind erwehle benzuschlafen
> Ein solch verworfnes [53] Thier. Sie kennt nit weiß noch
> schwartz.
> Nimmt Senf für Hirsen=Grütz, und kocht für Butter Hartz.
> Sie siehet Eßigsaur. Spricht nie, als nur zuweilen,
> Wenn Galle, Gift und Zorn die Leber übereilen;
> So murrt sie bey sich selbst, als wie ein Hund sich stellt,
> Wenn er ein Rind=Gedärm mit beyden Pfoten hält,
> Und schrecket seinen Gast mit Schielen und mit Blecken.
> Also thut dieses Weib. Sie bleibt im Winckel stecken,
> Ist keiner Freuden [54] hold, sucht stetig Einsamkeit,
> Der Faulen Paradieß, der Unmuth höchste Freud.
> Ihr bestes Tagwerck ist die Ofenbanck zu messen,
> Und eins von zweyen thun, als schlafen oder fressen.
> Und wo der Norden=Wind ein wenig kühle fährt;
> Stößt sie die Töpfen um, und setzt sich an den Heerd";

bei Taubmann V. 41 ff.:
>   Prima luto facta est   .   .   .   .   .
>   .   .   .   .
>   Atque boni atque mali rudis est: ac hiscere vel mu,
>   Relligio huic: nisi fors percita bilis agat.
>   Tunc demum secum rabiosa silentia rodens
>   Nescio quae, fractâ murmura voce crepat.
>   Ceu bubo, loca sola petit, loca commoda pigris:
>   Condit et in gelidos brachia lenta sinûs.

---

[53] So die 1. Ausgabe; Wippel hat: „Bey solch verworfnen".
[54] So die 1. Ausgabe; Wippel hat: „keinen Freunden".

Hoc tantum percallet opus; noctuque diuque
Gnaviter immodicos ore vorare cibos.
Cumque foris operit facies deformior aethram,
Aut riget hiberno terra perusta gelu:
Illa movet propius sellam fornacis ad auram[55],
Ac fovet excepto pone calore nates.

Aus der Schilderung des zweiten Typus, der Sau, seien folgende Stellen hervorgehoben: Rachel V. 51 ff.:

„Der Leib ist kurtz und dick, die Lippen aufgestutzt.
Das Haar ist ungekämt. Die Nas ist ungeputzt.
Die Brust und Hände sind mit Koth und Schweiß geschmincket,
Das so[56] von fernen her nach ihrer Farbe stincket;
Noch wäschet sie sich nicht, als etwan übers Jahr,
Wenn sie geliegen muß und nunmehr die Gefahr
Und Last hat abgethan . . . ."

und weiter V. 61 ff.:

„Schau jenen Haufen an, vom Saustall ausgeführet,
So ist ihr gantzes Hauß. Die leichte Spinne zieret
Die Fenster um und um. Sie henget an die Wand
Ihr zartes Meister-Stück, Minerven wie zu schand[57].
Ist es denn Essens-Zeit: Magd, spricht sie, such die Teller
Dort unterm Tisch hervor . . . .";

vgl. damit Taubmann V. 59 f. 63 ff. 77 ff. 83 f.:

Contractae brevitatis ea est, et naris aduncae:
Lusca oculo: labris turgida: rufa genas...
Semper amica luto est: nec fraudat origine mores:
Naturae properat semina foeda sequi.
Distillant sudore pedes, sudore lacerti:
Putet et adsidue corpus inerte situ.
Nec tamen illa lavat, nisi quando puerpera
facta est:
Annua sive mora haec, sive biennis eat...

---

[55] Vgl. Taubmann in seiner Virgil-Ausgabe (1618) zu Aen. VI 204 „auri aura", wo er aura durch splendor erklärt.

[56] So die 1. Ausgabe; Wippel hat: „Daß sie".

[57] Dieser Vers erinnert wieder an Ovid., Met. VI, 5 sqq. (Berendes S. 53.)

Num vidistis haras? Sic squallent sordibus aedes,
    A sue facta quibus faemina praestat opus.
Dejicit haud unquam quas nectit aranea telas:
    Has putat esse domûs picta tapeta suae...
Caenae tempus adest? Puer i, cochleria quaere,
    Clamat: sub scamno visa jacere mihi[58].

Der dritte Typus fängt bei Rachel V. 77 mit diesen Worten an:

„Die Dritte folgends ist von einem Fuchs entsprossen.
Und der hat die Natur viel Böses eingegossen.
Jedoch viel Gutes auch. Sag mir, was sie nicht weiß,
Was sie nicht hat erfahrn. Du Thales[59], gib den Preiß
Den langen Schürtzen hin . . . .";

sie weiß, „was guts der[60] Aelster bringt" (V. 85); und weiter V. 101 ff.:

„Und nicht nur biß allein. Sie weiß mit tausend Fünden,
Dir Breithut, was sie will, mit Listen aufzubinden.
Dann spricht sie Honigsüß, bald wendet sie den Muth
Und fährt dich schnaubend an, bald ist sie wieder gut";

vgl. damit Taubmann V. 89 ff. 99. 107 ff.:

Tertia vulpe sata est . . . .
. . . .

---

[58] Mehr läßt Taubmann die Frau nicht sagen; Rachel dagegen räumt ihr 10 Verse ein.

[59] Dieser Name steht nicht im Taubmannschen Gedicht, wo es dafür heißt: scit cuncta, vel hercle videtur. Plautus (Rudens IV 3, 64) braucht ihn aber schon im ironischen Sinne; und im Index seiner Ausgabe v. J. 1612 giebt ihn Taubmann durch „Klügling" wieder, welches Wort Rachel Sat. VIII V. 373 gebraucht und der Fons Latinitatis 1653 p. 573 durch: „der viel wissen will und im Grund nichts weiß" erklärt.

[60] So die 1. Ausgabe; Wippel hat: „die". Im Fons Latinitatis 1658 p. 489 heißt es: „Pica, ae, ein Aglester oder Elster"; doch hier kann das „e" abgestoßen sein. Dagegen steht in J. Ch. Günthers Gedichten (Breslau 1735 S. 972) auch „der Elster" als Nominativ: „Der Elster renckt den Steiß und läst das hüpffen nicht, / Bis ihr ein Dorn in das Gefäße, / Deutsch, in den Podex, fährt." Das „ihr" im zweiten Verse zeigt, daß Günther trotzdem den Vogel nicht als Masculinum auffaßt. Er hat „der" nur zur Vermeidung des Hiatus „die Elster" gesetzt. Noch erklärlicher ist dies bei dem Opitzianer Rachel.

Naturae junxêre manûs heic mira: sub unâ
  Plurima cerno boni, plurima cerno mali.
Dic, quod non sciat haec? scit cuncta, vel hercle
        videtur …
Quid sibi pica loquax, quid tristis ad omina corvus,
  Venturae cornix quid velit augur aquae …
Factitiis fabricis imponere docta marito:
  Ipsa tamen cunctis est inaperta dolis.
Nunc rem blanditiis verbisque juvantibus aureis
  Tractat, et argutos fingit amica jocos:
Nunc incensa ruit . . . .

Der vierte Typus wird von Rachel B. 105 ff. also geschildert:
„. . . . . . . Die Vierte war vom Hunde,
Und hält auch seine Weis, annoch auf diese Stunde.
Zuweilen schmeichelt sie, doch ist es bald gethan,
Daß sie den Schifer[61] kriegt, so greinet sie dich an.
Und wie ein frisches[62] Wind das Spur der schlauen Hinden
Durch Berge, Busch und Thal, mit riechen weiß zu finden:
So macht es eben sie. Durchsucht den gantzen Tag
Kirch, Kloster, Krug und Krahm[63], nur daß sie wissen mag,
Was irgend neues ist. Sie gehet auf und nieder,
Die eine Straß hinauf, die ander kommt sie wieder,
Durchsucht ein jeglich Hauß ob was zu tadlen sey.
Da macht sie denn aus nichts ein grosses Stadt-Geschrey.
Da weiß sie was der Schmidt, was Koch und Küster
        machet" u. s. w.;
dann B. 125 ff.:
„Kein Mensch ist ihr gerecht. Kein Nachbar ist ihr eben.
Auch nicht der Mann zuletzt. Gedenckt doch, was für Leben

---

[61] Schröder a. a. O. im Glossar nennt es „ein unbekanntes, wahrscheinlich ditmarsisches, Wort, welches eine Umänderung der Gesinnung bedeutet". Dagegen erklärt der — nicht von Ditmarsen verfaßte — Fons Latinitatis 1653 p. 289 Furii durch „Herren die ein Schiefer haben, die alles mit einer furi thun".

[62] So die 1. Ausgabe u. Wippel; Schröder hat: „frischer". — Wind = Windspiel; dieses ist nur eine Verdeutlichung des alten Wortes (f. Kluges Etymol. Wörterbuch).

[63] Kramladen, übh. Laden. Auch Sat. VI B. 76.

Ein solcher führen muß. Neid, Haber, Zwist und Zank,
Das ist sein täglich Brodt. Und wenn er gleich durch Zwang
Sie unterbringen will, sie läst sich doch nicht schrecken.
Gebrauche Fingerkraut⁶⁴, Faust, Peitschen, Prügel,
         Stecken.
Es ist mit nichts gethan. Wirf sie zu Boden hin.
Zerschlag sie Wollen-weich, so bleibet doch der Sinn
Staal- Stein- und Eisenhart. Sie giebet Flucht.
         Muß fluchen.
Sie wechselt Wort um Wort. Du magst es auch
         versuchen
Mit Friede, Lieb und Gunst. Sprich sie gar
         freundlich an.
Kein Tyger ist so wild, das man nicht zähmen kan
Mit steter Freundlichkeit. Umpfange sie zu küssen.
Heiß sie dein liebstes Herz, auch wider dein Gewissen.
Sie wirft dir wiederum, nach angebohrner Art,
Die Nägel ins Gesicht, die Finger in den Bart.
Wirst du denn irgend wo mit deinen Freunden zechen,
Sie wird nicht ferne seyn und dir den Segen sprechen
Zwo guter Stunden lang: Nun Schwelger, nun wolauf!
Bekömmt es dir auch wol? sauf, Schelm, sauf, Bettler, sauf,
Und morgen such das Thor. Verschwende deinen Kindern
Und mir und dir zugleich die Kleider von dem Hindern",
und V. 154 f.:

 „Ein solcher wird ein Spott und Sprichwort in Gelagen,
 Ein Schimpf der ganzen Stadt . . . . .";
vgl. damit Taubmann V. 121 ff. 129 ff. 141 ff. 171 f.:

 Quarta creata cane est: similisque fit hujus ad
            unguem;
 . . . .
 Vocis adulatur gannitu saepe marito:
 . . . .

---

⁶⁴ Nicht = Ruthe, wie Schröder a. a. O. im Glossar meint, sondern eigtl. Faust, dann Schläge mit derselben, auch Ohrfeigen. Gewöhnlich sagt man „Fünffingerkraut". (Sieh das Grimmsche Wörterbuch.)

Nunc linguam exacuit: nunc colligit omne venenum: . . .
Sub vicûs dare cuncta suos, dare cuncta sub aureis:
Et sub judicium cuncta vocare suum:
Quid sartor quid fartor agant, haec scire laborat:
Pastor in extrema parte quid urbis agat.
Qualis et argutus vestigia caeca ferarum
Quaerit odorisequa nare per arva canis:
Talis rumores indagat ubique recenteis:
Ad portam ad fontes, ut nova captet, abit.
Discrepat a cunctis: sibi dissidet ipsa: maritum
Nunquam conveniens haec sinit esse jugum . . .
Exerce ferulas in eam fustemque manumque;
Ora manu, ferulis tergora, fuste caput:
Ista tuam tibi jam se denegat: ista minatur:
Pernegat ista tuo vivere servitio.
Utere saevitia majori: adflige profuso
Crine pavimenti colla proterva solo:
Dura maritali tamen haud dabit ora capistro:
Sed disconveniet: vapulet usque licet.
Verte modum, obsequioque tibi hanc conare mereri:
Verculum eam vocita; melculum eam vocita:
Efficies nunquam, caput ut cervice paratâ
Haec tibi submittat ferre virile jugum.
Neve, domi medius cum sederis inter amicos,
Nec conviva alio si vocitere foras,
Mitis erit: puditum nihil est: incensa sequetur,
Inque pudorem omni te dabit illa modo.
Naribus utetur: linguam exseret: exspuet: imam
Tundet humum: dicet, Te scelus esse viri:
I pota mendice, vora: cras indue saccum,
Pasceque latrato teque tuosque cibo: . . .
Risus et est positis inter convivia mensis,
Et gerit assidui semina colloquij.

Den fünften Typus beginnt Rachel V. 157:

„Die Fünfte kommt vom Meer und ihren⁶⁵ stoltzen Wellen,
Und weiß in allem sich der Mutter gleich zu stellen.
Itzt ist sie wundergut, ergetzet ihren Mann
Mit Schertz und Lieblichkeit, so viel sie immer kan.
Mein Schatz, mein Augentrost, spricht sie, mein
süsses Leben,
Mein einig Auffenthalt . . . .";
sie giebt ihm noch mehr Schmeichelworte, und (V. 170)
„ . . . . . Er schwert, daß ihres gleichen
Auf Erden nie gebohrn. Er gehet Hauß bey Hauß,
Lobt seiner Frauen Thun, streicht ihre Tugend aus.
Bald um ein Augenblick so ist kein Thier noch Teuffel
Der also wüten kan. Der Mann steht selbst im Zweiffel
Ob sie bey Sinnen sey. Sie schreit, sie tobt, sie schnaubt
Als wie ein Panther=Thier⁶⁶, das ihrer⁶⁷ Frucht
beraubt,
Mit Grimm den Jäger sucht. Und gibst du dennoch
dich schuldig,
Und läst sie Meister seyn; so sey hinfort geduldig
Und zieh die Hosen aus, und leg den Schleyer an" u. s w.;
V. 189 ff. folgt die Schilderung des ruhigen und des aufgeregten
Meeres:

„Bist du zur See gewest, wann sie kein Wind beweget,
Wenn durch die stille Luft die Fluth sich nährlich⁶⁸ reget?
Hast du nicht angesehn, wie Nereus an den Saum
Des grünen Ufers wirft den Silberweissen Schaum?

---

⁶⁵ So die 1. Ausgabe und Wippel; Schröder setzt dafür unnöthiger=
weise „seinen", denn das Meer ist hier als Mutter gedacht, wie es auch
im folgenden Verse genannt wird.

⁶⁶ Eine damals gebräuchliche Verdeutlichung von „Panther"; Fons
Latinitatis 1653 hat p. 464 bloß „Pantherthier", nicht auch „Panter", und
p. 679 desgleichen nur „Tigerthier", welch letztere Verdeutlichung man auch
heute noch hört.

⁶⁷ Hier ändert schon Wippel die Lesart der 1. Ausgabe in „seiner";
aber wieder ist die ihrer Jungen beraubte Mutter gemeint.

⁶⁸ = kaum, langsam, engl. nearly.

Wenn Phoebus⁶⁹ freunblich scheint und auf die Fluth hinstrahlet
Und sicht⁷⁰ sein gülbnes Haupt noch eins so krauß gemahlet
In Amphitriten Glaß? Hast Du nicht acht gethan,
Wie Thetis denn sich stellt, und wie sie schmeicheln kan?
B a l d   a b e r   q u i l l t   s i e   a u f, erhebt die stolze Wellen,
Beginnet durch den Sturm, biß in die Luft zu schwellen" u. s. w.,
dann geht Rachel V. 209 ff. auf das Los dessen ein, der sich dem
Meere anvertraut hat:

„W e r   e i n m a l   a u f   d a s   M e e r   s i c h   h a t   z u r   S e e   b e g e b e n,
D e r   d a n c k t   d e r   F r e y h e i t   a b, muß nur in Hofnung
schweben,
In Hofnung und in Furcht: fährt oftmals mit Verdruß,
Nicht wie er gerne wil, besondern wie er muß",

und stellt dem in ganz natürlicher Folge⁷¹ V. 213 ff. das Los
eines Ehemannes, der sich einer reichen Frau ausgeliefert hat, an
die Seite:

„S o   i s t   e i n   E h m a n n   a u c h.   J e d o c h   v o r   a l l e n   D i n g e n,
W e n n   e r   s i c h   r e i c h   b e f r e i t. Der muß wol lernen singen,
Wie diese tanzen wil. Die Hosen und der Hut,
Die Herrschaft ist vertauscht um Geld und Heyrath=Gut.
O du verfluchtes Gut . . . ." u. s. w.;

vgl. damit Taubmann V. 177 ff. 193 f. 201 f. 217 ff.:
  Quinta mari nata est: similisque fit hujus ad unguem;
    .   .   .   .

---

⁶⁹ Für diesen und die folgenden Verse bis V. 196 sind oben Kap. II Anklänge an Buchanan nachgewiesen, die sich bei Taubmann nicht finden mit Ausnahme des Schmeichelns (vgl. Taubmann V. 219).

⁷⁰ So die 1. Ausgabe; Wippel hat „sieht".

⁷¹ Berendes a. a. O. S. 9 meint, die Verbindung dieses Theiles, der von der verderblichen Wirkung einer großen Mitgift handelt und über das von Semonides Ausgeführte hinausgehe [was geht bei Rachel nicht alles über den hinaus!], mit dem vorausgehenden, der Darstellung der Launenhaftigkeit des Weibes, sei eine sehr lockere [!], und Rachel scheine jenen erst hinzugefügt zu haben, als er dem Hochzeitsgedichte den Titel „Satire" gab, wenn man nicht etwa annehmen wolle, daß der Dichter schon von vornherein vielleicht im Hinblicke auf die Mittellosigkeit der Braut diesen Punkt so scharf habe hervorkehren wollen. Rachel fand vielmehr den Passus schon bei Taubmann vor, wo der Zusammenhang ein noch engerer ist.

Haec modo jucunda est et vultû comis, et ardet
 Seque virumque probis exhilarare jocis.
Tu mihi delitium, mellite marite; nec ulla
 Te sine vita, inquit, vita putanda mihi est:
Tu mihi tota domus: tu gloria: tuque parentes:
 Et tu laetitiae tempora sola meae.
Hercle sacramento contenderet hic vir, in Orbe
 Non hujus similem moribus esse nurum.
Credere vix tibi sit: Venerem sed testor, in horâ
 Nemo virûm hoc ipso turpior alter homo est!
Nauseat, et solitum vomitu ceu ructet amorem,
 Imponit capiti plurima dira tuo: ...
Sique tuae levia huic dederis vestigia culpae;
 Nullus es: ista suum te dat in arbitrium:...
Vidisti, mediâ si quando tigris in ira est.
 Tigris ad insidias fetibus orba suis?...
Si maris ingenium dixit tibi navita, jam scis
 Dicere quod volui: Faemina servat idem.
Ceu mare blanditias facit, et, velut oscula libans
 Littori, inoffenso nunc pede lambit humum:
Nunc in se rediens vada per sua lubricat undas,
 Ponit et in tacito molliter utre minas:
Per freta mox agitata tumescit et accipit iras:
 Imus et eggestas alveus haurit aquas.
Qui modo compositum mare dixerat ire, nec usquam
 Surgere; nunc vitae nauta timere jubet.
Quum mare conscendis, non te tua jura tuentur;
 Corporis arbitrium ventus et aequor habent:
Sic dotata tibi dabitur quum faemina nuptum,
 Perdis jura viri: nec tuus esse potes:
Est data libertas vaenum tua: dote coëmpta est
 Conjugis; et tamen haud ditior inde redis.
Intolerabilius quam dives faemina, nil est:
 Haec domat aere viros: nec sinit esse viros:

Ipsa vir est: sumitque animos a dote viriles:
Et capiti fabricat hinc quoque tela tuo.
O cave dotatam, tibi si quae faemina nubet!
Dos est conjugij prima favilla mali" etc.

Der sechste Typus wird von Rachel V. 261 ff. geschildert:
"Die Sechste nach der Zahl ist von der Ganß entsprungen,
Und deren Treflichkeit bestehet in der Zungen.
Weicht, ihr Juristen, weicht, die ihr geübet seyd
In Wort und Wieder=Wort, in Zanck und Zungen=Streit.
Weg Redner und Sophist, Bartscheerer, Segensprecher,
Zigeuner, Gauckeler, Giftschmierer, Zähnebrecher.
Dis Weib geht allen vor. Ihr mangelt nie kein Wort.
Und eh sie sich bedenckt, gehn funfzig Lügen fort
Und funfzig noch dazu. Wenn eine Mücke sauset;
So spricht sie, daß der Wind von Nord und Osten brauset;
Und trift sie eine bann, die Unglück haben sol,
Der ladet sie geschwind den gantzen Rücken voll" u. s. w.;
vgl. damit Taubmann V. 283 ff. 295 f.:

Anseris arguti sata gutture sexta canoro est.
. . . .
Sed prius ora deos orabo mille; sat unum
Faeminae ut unius os memorare queam.
Cedite caussidici, qui spiritu et ore diserto
Discitis ad nullum volvere verba modum.
Cedite praecones, vos cedite Rhetores: ausis
Nescio quid vestris faemina majus habet!...
Dein quocunque loco, cuicunque fit obvia, narrat.
Maxima de minimo nascitur historia" etc.

Den siebten und achten Typus Taubmanns hat Rachel, wie schon kurz erwähnt wurde, verschmäht und auch nichts aus den ihnen gewidmeten lateinischen Versen etwa bei einem andern Typus unter= gebracht. Das von Asche und Eselin stammende Weib (siebter Typus Taubmanns) hat ja auch manches mit dem vom Kothe stammenden (erster Typus) gemein: sie sitzt daheim im Winkel und thut nichts als essen. Und der Typus des Wiesels, eines Thieres, das im Alterthum fast in jedem Hause zu treffen war und etwa die Stelle unserer mäuseverlilgenden Katze vertrat (vgl. z. B. Phaedri fab. I, 22; Hugo Grotius übersetzt in den Dicta poetarum quae apud Io. Stobaeum exstant, Parisiis 1623 das Wort γαλῆ des Semonides geradezu durch felis), das überdies im Aberglauben der Alten eine große Rolle spielte (vgl. oben S. 27), lag den modernen Anschauungen fern. Auch der neunte Typus Taubmanns, das Pferd, fand vor den Augen Rachels keine Gnade. Er ist dort, wie schon die Aenderungen im zweiten Verse und im Refrain am Schlusse zeigen (sieh oben S. 28), deutlich als Uebergangstypus gezeichnet, der von den bösen Weibern zum Musterweibe überleiten soll. Rachel brauchte aber sieben Arten böser Weiber, denen er das Musterweib schroff gegenüberstellen wollte. Auch mochte ihm die Vergleichung des Weibes mit einem Pferde etwas verbraucht vorkommen; waren doch bereits Bücher erschienen wie: „Kurze Erklerung, wie ein Pferd vnd ein Frawen-Person in vielen Stücken miteinander verglichen werden, auch einander gleichen sollen, Reimsweis beschrieben durch Georg Klemsee. 1624"[72] und „Kurtze vnnd eigentliche Beschreibung deren 16 Eygenschafften, welche ein schön vnd wol proportionirtes Pferdt an sich haben soll. 1618", in welchem Gedichte gleichfalls Pferd und Weib miteinander verglichen werden[73]. Er sah sich also für seine siebte Klasse böser Weiber nach einem passenderen Typus um und fand ihn in dem Pfau, benutzte aber gleichwohl bei der Schilderung desselben die Taubmannsche Schilderung des Pferdes, das von Rachel nur einmal (V. 333) nebenbei erwähnt wird. Was Rachel hier vorfand, hat er durcheinandergeworfen; es müssen deshalb die verwandten Stellen einzeln gegenübergestellt werden. Anfangs folgt er zwar noch Taubmann auf seinem Wege (V. 301 ff. 313 ff.):

„Nach dieser kommt hervor das Weib von einem Pfauen,
Gebohren zu der Pracht, hochmüthig anzuschauen,
Dem Spinnen spinne feind"[74]. Ist dahin nur bedacht,

---

[72] Emil Weller, Annalen der Poetischen National-Literatur der Deutschen im XVI. und XVII. Jahrhundert. Bd. I (Freiburg, Herder, 1862) S. 388 Nr. 583.

[73] Weller a. a. O. Bd. II (1864) S. 477 Nr. 969, wo auf Drugulins Bilderatlas Nr. 2925 hingewiesen wird.

[74] Dem Sinne nach entsprechend dem „fugitans laboris" bei Taubmann V. 363. — Der Fons Latinitatis 1653 p. 50 hat: „Spinnenfeind seyn"; desgl. schon Albertinus, Haußpolicey, 1602 Blatt 57: „Spinnenfeindt" (Abject.).

Daß sie für aller Welt die Schönste sey geacht.
Sie ist ansehnlich hoch, von prächtigen Geberden,
Gleich wie Andromache, als Hector von den Pferden
Noch nicht war umgeschleift: wie für der gantzen Schaar
Des Amazonen Volcks Pentesilea war . . .
. . . . . die Liljen weisse Wangen
Mit Purpur angemahlt. Die stoltzen Augen prangen,
Wie Venus schöner Stern den blauen Himmel ziert,
Wenn er zu Mitternacht den treuen Buhler führt
Biß an der Liebsten Hauß . . . .";
vgl. damit Taubmann V. 361 ff. 373 ff.:

 Nona rigente jubā generosi nata caballi est.
  Quisquis amas, tantum disce cavere bonum.
 Impatiens fraeni fugitansque laboris, in hoc est,
  Ut placeat solis faemina sola viris.
 Privatae nil sortis habet: multumque doleret,
  Si collata sibi vel Venus ipsa foret.
 Corpore procero, surrectā vertice tota est:
  Qualis **Amazonii** dia Camilla chori:
 Qualis et **Andromache** magni fuit **Hectoris,** et quas
  Historiae longas prodidit ante fides . . .
 . . . malis ea gratia, quam dant
  Candida purpureis lilia mista rosis:
 . . . duo, radians ceu sidus, ocelli.

Wenn es dann aber bei Rachel gleich darauf weiter heißt:

„ . . . Der Hals ist gantz umgeben
Mit seinem krausen Haar, als wie mit gülbner Reben",
so scheint er da zwei Stellen Taubmanns zusammengeschweißt zu haben, nämlich aus V. 371 die Anfangsworte „Aurea caesaries" und V. 397 f.:

 Carbasus alterni crispata volumine giri
 Circinat ingenteis colla per ampla vias.

Jetzt verweilt Rachel an der letztern Taubmannschen Stelle und nimmt „der Ketten Pracht" aus V. 400, wo es „monile decens" heißt; desgleichen läßt er „die beyden Hände funckeln / Von Amethisten Glantz" u. s. w., während bei Taubmann V. 401 „Annulus

articulos gemmis incendit". V. 330 greift Rachel wieder auf
V. 395 f. bei Taubmann zurück:
„So weiß sie Haupt und Haar mit Zobeln auszuschmücken",
vgl.:
> Exornare caput labor est, et frontis honores:
> Suggestumque altis aedificare comis;

V. 342 ff. auf V. 381 f. in dem lateinischen Gedicht:
„Sie klebet ans Gesicht, wiewol es unverletzet,
Ein schwarzes Pflastermahl, damit der weisse Schein
Der Schneegeleichen[76] Haut mag offenbahrer seyn",
vgl.:
> Adscivit mercata sui simulamina vultûs,
> Excitet ut majus vis geminata decus.

Dann spricht er V. 354 von der Verschwendung dieses Weibes (bei Taubmann V. 389 ff.) und V. 357 davon, daß sie „für allen ausgeputzt" sein will (bei Taubmann V. 407 f.), ohne sich wörtlich an seine Vorlage anzuschließen. Dies alles hatte Taubmann von dem Typus „Pferd" ausgesagt, während es Rachel dem an dessen Stelle von ihm gesetzten „Pfau" beilegte. Das Pferd erwähnt Rachel nur nebenbei V. 332 f.:
„So streut sie in den Wind den ausgekämmten Mahn,
Gleich wie ein geiles Roß . . . . .";
vgl. Taubmann V. 361: „rigente jubâ caballi".

Auf den Pfau scheint Rachel durch die Hochzeitsgedichte eines andern Neulateiners gekommen zu sein, dem er dann auch noch einiges andere für die Schilderung dieses Typus entnommen haben mag. Ich meine Christoph Schellenberg aus Annaberg, der, nach Jöchers Gelehrtenlexikon, an der Fürstenschule zu Grimma unterrichtete, ein Freund von Philipp Melanchthon und Georg Fabricius war und 1576 starb. Er hat zwei Bücher Epithalamia geschrieben, die in den „Delitiae poetarum Germanorum huius superiorisque aevi illustrium. Pars V. Collectore A. F. G. G. Francofurti 1612" (auf der Heidelberger Universitäts-Bibliothek) zum Theil abgedruckt sind. Dort wird p. 1246 am Schlusse der Schilderung der prachtliebenden Weiber der Pfau genannt:

---

[75] So die 1. Ausgabe; Wippel hat: Schnee-gleich-Wollen".

Adde quod explicito pavone superbius ibant,
Turpiter et gestu se petulante dabant.

Kurz vorher wird der Décolletirung eines solchen Weibes gedacht:
Nec bene munibat mammosum fascia pectus,
Pene meis oculis visa papilla foret;
vgl. Rachel B. 335 f.: „. . . . Bald zeiget sie mit Lust
Den aufgequollen [76] Schatz der offenbahren Brust."
P. 1245 sp. spricht Schellenberg von den Verschönerungskünsten, die das prachtliebende Weib anzuwenden pflegt:
. . . . quae non pudet ora videri
Levia pigmentis splendidiora vitro;
vgl. Rachel B. 346:
„Noch schämet sie sich nicht mit Farben anzustreichen."
Des Einzelnen führt Schellenberg „cerussa" d. i. Bleiweiß an (bei Rachel B. 349 ist „Perlenstaub" vielleicht dasselbe, was heute „Perlweiß" — eine Art Bleiweiß — genannt wird); ferner sagt er:
Et rubuere quidem, sed non rubuere pudore,
Perlita purpureo labra genaeque luto
(bei Rachel werden B. 349 „Zinnober" und „Bergroth" genannt).
Endlich vergleiche man noch Schellenbergs Vers:
Lumina tincturis emicuere novis
mit Rachel B. 347:
„Sie schmälert, gleicht und schwärtzt der Augen dünnes Haar."

Es erübrigt jetzt noch der wieder Rachel und Taubmann gemeinsame Typus des Musterweibes, die Biene. Hier klingen nur zwei Stellen Rachels an Taubmann an: einmal B. 382:
„Reißt das Gesinde zu, hilft backen, brauen, spinnen" u. s. w.,
vgl. Taubmann B. 435 f.:
Damnatas in opus famulas exercet, eisque
Ipsa suae exemplo sedulitatis adest;
sodann B. 385 ff.:
„Geht irgendwo ihr Herr in traurigen Gedancken;
(Wie denn gemeinlich oft sich Muth und Unmuth zancken,

---

[76] So die 1. Ausgabe; Wippel hat: „aufgequollnen".

Wenns gleich nicht übel geht) Umfängt sie ihren Mann,
Hertzt ihn mit Hand und Mund, und spricht ihn
freundlich an",

vgl. Taubmann V. 443 ff.:

Si sibi forte parum vir amicus: et acrius angit
Mentem animi curis: aut gravis ira subit;
Haec curas sanat: flectitque ad mitius iram:
Blanditiisque novis horrida verba domat.
Gestu se insinuat: colloque inserpit, et aptum
Surripit huic tacito tramite basiolum.

Nach obiger Confrontation wird wohl jeder zugeben, daß Rachel Taubmann stark benutzt hat und daß dessen Gynaeceum Poeticum die Hauptquelle für Rachels erste Satire gewesen ist [77]; wenn dieser auch nichts davon in seinem Vorwort „an den Leser" verräth, dem er doch Persius und Juvenalis als Quellen anderer Satiren namhaft zu machen keineswegs ermangelt. Ehrlicher war ein anderer deutscher Dichter verfahren, welcher nicht nur den von ihm benutzten Neulateiner, sondern auch den griechischen Jambographen, dem die Idee des Gedichtes zu verdanken ist, auf dem Titel seiner Bearbeitung ausdrücklich genannt hatte. Von ihm soll im folgenden Kapitel gehandelt werden.

---

[77] Ich habe hierauf zuerst in der Beilage zur Allgemeinen Zeitung 1899 Nr. 98 kurz hingewiesen.

V.

Johann Peter Titz' „Poetisches Frauen-Zimmer".

Unter den deutschen Gedichten des Danziger Professors Johann Peter Tiz aus Liegnitz (1619—1689) befindet sich auch ein aus 196 Alexandrinern bestehendes Gedicht auf Christian Timäus' Hochzeit, welches zuerst unter folgendem Titel einzeln erschienen ist: „Poetisches Frauen-Zimmer, Nach Simonides Griechischer Erfindung, und Taubmanns Lateinischer Abbildung im Deutschen entworffen und Hn. Christian Timaeo, Philos. et Med. D. auff seinen Hochzeitlichen Ehren-Tag, zu lässiger Lust und Ergetzung halben fürgestellet durch J. P. T." (Johann Peter Titz' Deutsche Gedichte gesammelt und herausgegeben von L. H. Fischer. Halle a. S. 1888. S. 113 ff. 276.) Dieses deutsche Hochzeitsgedicht, dessen Einzeldruck aus dem Jahre 1647 stammt, hat also, wie der Titel besagt, die Idee von Semonides und schließt sich in der Ausführung an Taubmann an. Von dem letztern hat es auch den Namen „Poetisches Frauen-Zimmer", eine wörtliche Uebersetzung von Gynaeceum Poeticum (vgl. oben S. 30 f.). Auf Semonides geht aber nicht nur die bloße Idee zurück, sondern auch die Benennung und Reihenfolge der zehn Typen, worin, wie wir oben S. 27 gesehen haben, Taubmann von Semonides abweicht. Bei Titz also sind es: 1. „Sau" (V. 21—36); 2. „Fuchs" (V. 37—52); 3. „Hund" (V. 53—68); 4. „Erde" (V. 69—84); 5. „See" (V. 85—100); 6. „Esel" (nicht auch Asche; V. 101—116); 7. „Wiesel" (V. 117—132); 8. „Pferd" (V. 133—148); 9. „Affe" (V. 149—164); 10. „Biene" (V. 165—180). In der Einleitung (V. 1—20) weisen die Anfangsworte von V. 18 „Zur Zeit Deucaleons" auf Taubmann V. 36 „Deucaleoneis aquis" hin; und der Schluß (V. 181—196) beschäftigt sich, wie auch bei Taubmann, hauptsächlich mit dem Brautpaar. Ferner hat Tiz die wiederkehrenden Verse Taubmanns nachgeahmt: Er läßt auf den ersten Vers der neun Typen böser Weiber — das Pferd ist bei ihm kein Uebergangstypus, welcher es bei Taubmann ist — jedesmal diese drei Verse folgen:

„Weh dem, der eine hat von dieser Art bekommen!
Sie zeucht viel Ungemach und Böses hinter sich.
Dafür bewahre Gott, Herr Bruder, Dich und Mich!",
wofür beim zehnten Typus folgende Verse mit geschickten Aenderungen an die Stelle treten:

„Wol dem, der eine hat von dieser Art bekommen!
Sie zeucht viel Lieblichkeit und Gutes hinter sich.
Mit der berathe Gott, Herr Bruder, Dich und Mich!"
Außerdem ist der Schluß, welcher beim ersten Typus lautet:

„. . . . Kurz, hier bekommt ein Mann
Das allerminste nicht, das ihn erfreuen kan",
beim zweiten bis neunten Typus böser Weiber — unter leichter Aenderung des vorigen — derselbe:

„. . . . Kurz, hier hat auch ein Mann
Das allerminste nicht, das ihn erfreuen kan",
während er beim zehnten Typus im ersten Verse auf den Schluß des ersten Typus zurückgreift, zu Anfang des zweiten Verses jedoch von dem Schluß aller vorigen Typen natürlich abweicht:

„. . . . Kurz, hier bekommt ein Mann
Beysammen alles das, was ihn erfreuen kan".
Ein Nachhall des von Taubmann im Refrain erwähnten Graeculus findet sich bei Tiz nur V. 19 f.:

„Hört, was ein Grieche hat den Büchern einverleibt,
Und urtheilt, ob er auch die Deutsche Warheit schreibt."
In der Ausführung der einzelnen Typen faßt Tiz, nicht ohne kleine selbständige Zusätze, das kurz zusammen, was Taubmann in breiter Darstellung vorgebracht hat, wie es schon aus der geringen Verszahl hervorgeht, die Tiz auf jeden Typus verwendet.

Hat nun Rachel Tiz' Gedicht gekannt? Beider Gedichte haben die Ueberschrift „Poetisches Frauenzimmer", von beiden wird der

Deukalionischen Fluth gedacht; — aber das und noch manches andere lag ihnen in der gemeinsamen Quelle bei Taubmann vor. Beide Dichter bedienen sich desselben Versmaßes, der breiten Alexandriner; — aber die waren seit Opitz in der hochdeutschen Kunstdichtung herkömmlich. Beide Dichter bedienen sich jedoch auch an mehreren Stellen des Einganges desselben Ausdrucks. Man vergleiche Titz V. 5:

„Wie aber darff ich mich dergleichen unterstehen?"
mit Rachel V. 7:

„Und dennoch darf ich mich, trutz Momus, unterstehen";
Titz V. 13 f.:

„Es wird doch keine hier es besser können machen,
Als wo sie, fällt es gleich was sauer, mit wird lachen"
mit Rachel V. 21 f.:

„Weg Schwermuth, Ernst und Neid. Und wer nit mit will
lachen,
Der laß ein saur Gesicht in einem Hechel machen";
und auch der völlig gleichlautende Ausdruck, mit welchem beide der Deukalionischen Fluth gedenken, und dessen Stellung zu Anfang eines Verses bei beiden gehört hierher: „Zur Zeit Deucaleons" (Titz V. 18, Rachel V. 26). Am auffälligsten aber ist, daß der im Anfang des zweiten Typus bei Rachel V. 49/50 vorkommende Reim „genommen, bekommen" sich schon im Anfang des dem zweiten Typus Rachels entsprechenden ersten Titzens findet und bei diesem im Anfang aller neun folgenden Typen wiederkehrt.

Wie erklärt sich nun diese Uebereinstimmung im Ausdruck an mehreren Stellen des Eingangs beider Gedichte sowie in dem eben angeführten Reim? Ich denke, Rachel hatte bei Abfassung seines Gedichtes das Titzsche zwar nicht vor sich liegen, aber von einer früheren Lectüre desselben waren in seinem Gedächtnisse obige Stellen des Eingangs und jener bei allen Typen wiederkehrende Reim haften geblieben; er erinnerte sich ferner, daß auf dem Titel des Titzschen Gedichtes Taubmann genannt war, nahm darauf diesen zur Hand und benutzte dessen Gynaeceum Poeticum als Hauptquelle, wie wir im vorigen Kapitel gesehen haben. Rachel und Titz waren etwa zwei Semester lang Studiengenossen gewesen: der erstere wurde im

October 1637 auf der Rostocker Universität immatriculirt und blieb auf derselben ungefähr 3 Jahre[78]; der letztere wurde im October 1639 ebendaselbst immatriculirt und scheint dort auch nicht viel weniger als 3 Jahre verbracht zu haben[79]. Es wird also entweder Tit seinem früheren Studiengenossen ein Exemplar seines Hochzeitsgedichtes übersandt haben, oder Rachel wird sich aus Interesse für jenen das Gedicht irgendwoher verschafft haben.

[78] Sach a. a. O. S. 7. 11.
[79] Fischer a. a. O. S. XX f. u. Marfgraf in der Allg. Deutsch. Biogr.

VI.
Balthasar Kindermann's Schrift „Die Böse Sieben". — Der Ursprung des Ausdrucks „Böse Sieben".

Im Jahre 1662 erschien ein Büchlein unter dem Titel: „Die Böse Sieben Von Welcher heute zu Tage die unglückseligen Männer grausamlich geplaget werden, Fürgestellt In einem wunderbahrem Gesichte, Durch Ein Mitglied des hochlöbl. Schwanen-Ordens. Zu Ende ist beygelegt der verehligten Lust und Unlust. Wittenberg, Gedruckt bey Michael Wendt, Verlegts Gottfried Heß, Im Jahr 1662" (176 unpaginirte S. in 12°)[80]. Als Verfasser nennt sich unter der Zuschrift „Kurandor". So hieß in dem auf dem Titel erwähnten Dichterbund der von Johann Rist mit dem Lorbeer gekrönte damalige Brandenburger Conrector, spätere Rector Balthasar Kindermann (1636—1706) aus Zittau, der als Pastor in Magdeburg starb. Er giebt in Prosa (nur wenige Verse sind eingelegt) eine abschreckende Schilderung des bösen Weibes, in der „sieben lebendige

---

[80] Hugo Hayn, Bibliotheca Germanorum erotica (2. Aufl., Leipzig 1885 S. 294) nennt das Buch „rar"; es ist auch weder auf der Universitäts-Bibliothek zu Freiburg i. B., noch auf der in Göttingen, noch auf der Univ.- und Landes-Bibliothek zu Straßburg vorhanden, wie ich durch Nachfrage erfuhr. Das von mir eingesehene Exemplar befindet sich auf der Kgl. Hof- und Staats-Bibliothek zu München; vorgebunden ist die vom Trinken der Deutschen handelnde „Philosophia Salustiana . . . vom Jauceer Potorianus, Tezlingensis" aus dem Jahre 1664. Hayn und Goedeke geben Zeitz als Druckort an, jener mit dem Zusatze „Truckts Christophorus Cellarius"; danach giebt es zwei Ausgaben. Waldemar Kawerau (in den Preuß. Jahrbüchern, Bd. 69, Berlin 1892, S. 780 Anm.) citirt denselben Ort, Drucker und Verleger, wie sie die von mir benutzte Ausgabe aufweist.

Teufel" hausen, nämlich: Argwohn, Regiersucht, Verthulichkeit und übles
Haushalten, Halsstarrigkeit, Heuchelei, neidische Verachtung anderer
Leute, beharrliches Maulen und Sauersehen. Nach Kawerau (sieh
Anm. 80) hat er dabei Andreas Musculus' Schrift „Wider den
Ehe=Teuffel" (1556) reichlich ausgeschrieben. Eine Vergleichung mit
Rachels erster Satire ergiebt keine weitere Uebereinstimmung als den
beiden Schriftstellern im Titel gemeinsamen Ausdruck „Böse Sieben".
Wer hat ihn zuerst angewandt? Das läßt sich nicht mehr ermitteln[81];
denn wenn auch die erste Ausgabe von Rachels Satiren erst 1664
erschienen ist, also zwei Jahre später als Kindermanns Schrift, so
war doch Rachels erste Satire schon um das Jahr 1659 einzeln
herausgekommen, also ungefähr drei Jahre früher als Kindermanns
Schrift; dieser Einzeldruck aber ist verschollen[82], und man kann nicht
wissen, ob er bereits die Worte „oder Böse Sieben" im Titel gehabt
hat, da die erste Satire in einer etwas umgearbeiteten Form
vorliegt. — Wird den Ausdruck der eine vom andern entlehnt
haben? Kindermann erwähnt in seinem Werke „Der Deutsche Poet,
Wittenberg 1664" (auf der Univ.=Bibliothek zu Freiburg i. B.), in
welchem er S. 395 ff. eingehend von den Hochzeitsgedichten handelt,
Rachel mit keinem Worte; auch Rachel gedenkt Kindermanns nirgends.
Nach allem ist daher wohl anzunehmen, daß beide unabhängig von
einander auf den Ausdruck „Böse Sieben" gekommen sind, zumal
derselbe von Kindermann in der Einzahl gebraucht ist, von Rachel
aber in der Mehrzahl gedacht zu sein scheint; daß sie jedoch dabei
unter derselben Beeinflussung gestanden haben mögen.

Für den Ausdruck „Böse Sieben" — in Beziehung auf
die Weiber — habe ich vor 1662 keinen Beleg finden können[83].

[81] Dahin habe ich meine in der Beilage zur Allg. Ztg. 1899 Nr. 98
ausgesprochene Meinung über die Priorität Rachels inzwischen modificirt.

[82] Sach a. a. O. S. 18 u. 61 und in der Allg. Deutschen Biogr. Vgl.
auch Rachels Vorwort „An den Leser" oben S. 6.

[83] Weder in Luthers Tischreden, noch in des Aegidius Albertinus
„Haußpolicey" (München 1602), noch auf dem Titel des von Weller a. a. O.
I 403 Nr. 684 angeführten Werkes: „Septenarius sacer: d. i. Gute sieben
Worte, so von der bösen Wahre, die man den bösen Weiber=Orden nennt,
geredet werden, 1639", wo der Ausdruck „Böse Sieben" doch gut angebracht
gewesen wäre, noch in vielen andern von mir eingesehenen Werken aus jener Zeit.

Danach begegnet uns 1672 „eine von den bösen sieben" — also im Anschluß an Rachels in sieben Klassen zerfallende böse Weiber — in der Komödie „Kunst über alle Künste, ein bös Weib gut zu machen", einer Bearbeitung von Shakespeares „Der Widerspänstigen Zähmung", worauf Prof. F. Kluge in der Beilage zur Allg. Ztg. 1899 Nr. 65 nach Reinh. Köhler's Vorgang wieder aufmerksam gemacht hat. Dann findet sich der Ausdruck „Böse Sieben" in des Königsberger Rathsherrn Michael Kongehl Schauspiel „Der unschuldig beschuldigten Innocentien Unschuld" vom Jahre 1680, einer Nachahmung von Shakespeares „Cymbeline", S. 7: „Da lernt ich schon an meiner bösen Sieben, / Es sei das alte Sprichwort wahr: / Wer Weibern traut, hat in den Wind geschrieben"[84]. Zum ersten Male gebucht ist der Ausdruck in Kasp. Stielers Lexikon „Der Teutschen Sprache Stammbaum und Fortwachs... Nürnberg 1691" S. 2015: „Siebene, die, in charta lusoria dicitur hebdomas. Dicimus etiam: Das Weib ist eine böse Siebene, de malâ muliere, mala merx haec mulier, et callida est." Gleichfalls mit „e" am Ende steht der Ausdruck auf dem Titel des von Hayn a. a. O. S. 294 angeführten Werkes: „Die Entlarvte Böse Siebene, Das ist Kurtze Lebens-Beschreibung Einer liederlichen und bösen Frauen... Leipzig 1719." Aus ungefähr demselben Jahre stammt die Ausgabe von Rachels Satiren mit dem fingirten Druckort „Freyburg, im Hopffen-Sack", die unter anderen nicht von Rachel herrührenden Gedichten auch eine „Probe einer bösen Sieben" enthält[85]. Sanders bringt in seinem Wörterbuch erst aus der 2. Hälfte des 18. Jahrhunderts Belege für unsern Ausdruck bei, den er bei Kretschmann, Gotter u. s. w. gefunden hat.

In Beziehung auf den Teufel findet sich der Ausdruck schon 1562 auf dem Titel und in der Vorrede einer Streitschrift des protestantischen Pastors Cyriakus Spangenberg gegen die Bulle des Papstes Pius IV. (vom Jahre 1560) und gegen sechs andere katholische Männer. Der Titel lautet: „Wider die Bösen Siben

---

[84] Vgl. Wanders Teutsches Sprichwörter-Lexikon, Bd. IV, Leipzig 1876, s. v. Sieben Nr. 21.
[85] Sach a. a. O. S. 63.

ins Teuffels Karnöffelspiel"⁸⁶. In der Vorrede wird S. 5 „der Teuffel (ober die bösen siben)" erwähnt, und am Ende der Vorrede (S. 6) heißt es: „Dieweil es denn der Teuffel, der im Karnöffelspiel Siben heisset, so arg kaum machen kan, als die Siben Buben, wider derer Gotteslesterung, Lügen, Calumnien, vnnd falsche Lehr, ich in folgendem Buch geschrieben, habe ich sie nach ires Vattern, beß ersten Lügners vnd Mörders nammen, auch die böse [hier ohne „n"!] Siben nennen wöllen." Ich bin nun zwar nicht der Meinung, daß Kindermann und Rachel den Ausdruck „Böse Sieben" obigem Werke entlehnt und vom Karnöffelspiel hergenommen haben⁸⁷; aber wie Spangenberg seine Gegner nach ihrem geistigen „Vater", dem Teufel, benennen konnte, so konnten Kindermann und Rachel auch die bösen Weiber nach dem Teufel benennen. Und daß sie sich dabei gerade des Ausdrucks „Böse Sieben" bedienten, wird begreiflich, wenn man sich daran erinnert, daß die Sieben eine Unglückszahl war und daß böse Wesen und Dinge gerne in der Siebenzahl vorgeführt wurden⁸⁸. Der Böse κατ' ἐξοχήν und

---
⁸⁶ In dieses Buch gewann ich durch die Freundlichkeit des Hrn. Prof. F. Kluge Einblick.

⁸⁷ Daß einige dieser Meinung sind, sagen z. B. Büchmanns Geflügelte Worte. Uebrigens erwähnt Rachel das Spiel als „Karnüffel" Sat. II V. 100. Johs. Voigt hat über dasselbe ausführlich geschrieben in Raumers Hist. Taschenbuch, Jahrg. IX (Leipzig 1838) S. 402 ff. Die siebte Karte war „teufelsfrei", sie konnte von keiner andern gestochen werden, nur in gewissen Fällen vielleicht von der „Karnöffel" genannten Karte.

⁸⁸ Beispiele führt schon Büchmann an. Dort wird auch die Meinung einiger erwähnt, daß der Ausdruck „Böse Sieben" von den sieben Todsünden entlehnt sei. Es können aber doch nur beide als vom Teufel abstammend gedacht werden, und nicht eins vom andern. Die sieben Todsünden (oder Hauptsünden) sind personificirt als Töchter Lucifers in dem Liede eines Jörg Schiller aus dem Jahre 1520 (Weller a. a. O. I 207 Nr. 34). — Büchmann, Sanders, Heyne und Paul meinen, der Ausdruck sei eine Abkürzung der Redensart: „Sie ist aus der siebenten Bitte" oder: „Sie gehört in die siebente Bitte", in welcher man bittet: „Erlöse uns von dem Uebel." Dagegen sprechen aber doch schon die Formen „Sieben" und „Siebene". — Wenn ferner Wander a. a. O. angiebt, Frommann habe die Frage aufgeworfen, ob an das Siemann-Weib, das den Mann beherrscht, oder an die sieben Zeugen des ältern Gerichtsverfahrens zu denken sei, so will ich das hier nur registriren.

die böse Zahl wurden schließlich miteinander vermengt. Weil sie aber auch als heilige[89] Zahl vorkommt, pflegte ihr in der Bedeutung von Teufel oder Teufelsart meist das Attribut „böse" beigefügt zu werden, wie bei Spangenberg, bei dem es nur einmal bloß „Siben" heißt.

Daß, wie andere böse Wesen, auch die bösen Weiber in der Siebenzahl vorgeführt wurden, dafür hat Dr. John Meier in der Beilage zur Allg. Zeitung 1899 Nr. 131 einen Beleg aus der schon genannten „Kunst über alle Künste" u. s. w vom Jahre 1672 mitgetheilt. In diesem Buche ist nach ihm S. 39 die Rede „von allen **Margarethen, deren sieben den Teufel auß der Hölle gebannet".** Er führt dann mehrere Stellen an, aus denen hervorgeht, daß „Margarethe" so viel wie „böses Weib" bedeutet, und meint, daß es eine Sage von sieben bösen Weibern, die einen siegreichen Kampf mit dem Teufel ausgefochten, gegeben habe, worauf sich vielleicht auch eine von Köhler citirte, in Birlingers „Volksthümlichem aus Schwaben" mitgetheilte Stelle aus einem Segen: „und hendt dich **die sieben Weiber** geritten und dich der böse Feind überschritten" beziehe; jedenfalls hätten Kindermann wie Rachel den Ausdruck „Böse Sieben" der Volkssprache entlehnt. — Ein zweiter Beleg findet sich in Thomas Murner's „Gäuchmatt" (Basel 1519) XXXVIII ff. [90]. Dort werden sieben ausnehmend böse Weiber aus der Geschichte und Sage unter dem Titel „**Die syben bösen wyber**" aufgeführt: 1. die Römerin Tullia (die Tochter des Servius Tullius); 2. Putiphars Weib; 3. die Königin Jesabel; 4. die Königin Herodias; 5. die Königin Semiramis; 6. Jobs Weib; 7. die Königin Alba [91].

Mitbestimmend sowohl für Kindermann als auch für Rachel

---

[89] Es möge kurz an die sieben Bitten, sieben Gaben des Heiligen Geistes, sieben Sacramente u. s. w. erinnert werden; vgl. auch B(enjamin) N(eukirch)'s Gedicht „Die glückselige Zahl sieben" in Hofmannswaldaus und anderer Gedichten, Theil I (Leipzig 1697) S. 180 - 186.

[90] In der Ausgabe von Wilh. Uhl (Leipzig 1896) S. 140 ff. Ich wurde hierauf durch Hrn. Prof. F. Kluge aufmerksam gemacht.

[91] „Zu franckenrich". Sie lockte hübsche junge Männer in ihr Schloß und ließ dieselben nach Erfüllung ihrer Begierde von der „schnellbruck" in den Burggraben stürzen. Sonst ist nichts von ihr bekannt.

bei der Aufnahme des Ausdruckes „Böse Sieben" in den Titel ihrer Schriften scheint mir der Titel eines Büchleins gewesen zu sein, welches von einem Autor stammte, der beiden wohlbekannt war: den der eine (Rachel) für seine siebte Satire benutzt hatte⁹² und von dessen „Ungeschicktem Redner" der andere (Rindermann) eine Uebersetzung angefertigt hatte⁹³. Es ist dies der berühmte Satiriker Balthasar Schuppius (1610—1661), der Hamburger Kanzelredner, der von dort 1658 eine Schrift in die Welt geschickt hatte unter dem Titel: „Sieben böse Geister, welche heutiges Tages Knechte und Mägde regieren und verführen." ⁹⁴ In derselben erwähnt Schuppius den von Peter Glaser herausgegebenen „Gesind Teuffel" ⁹⁵ und bemerkt: „Indem ich an dieses Tractätlein gedencke, düncket mich, es sey nicht einer, sondern sieben Teuffel, welche das gemeine Volck ... regieren und verführen." Glaser spricht zwar nur von einem bösen Geist, welcher aber bei ihm auf siebenfache Weise im bösen Gesinde wirkt, was er in sieben Kapiteln ausführt. Vor Schuppius hatte auch schon Tobias Wagner 1651 einen „Siebenfältigen Ehehalten-Teuffel" ⁹⁶ erscheinen lassen. — Rachels Bekanntschaft mit Schuppius' Schriften mochte aus der doppelten Theilnahme herrühren, welche er für einen gleich ihm satirisch beanlagten Schriftsteller und für einen Schüler des Rostocker Professors Peter Lauremberg hegte, welch letzterer auch Rachel in der Dichtkunst unterwiesen hatte ⁹⁷.

---
⁹² Sieh oben S. 12.
⁹³ In Schuppius' „Schrifften" (1663) S. 848 ff.
⁹⁴ Den Einzeldruck erwähnt Hayn a. a. O. S. 182. Er ist dann in die Gesamtausgabe vom J. 1663 aufgenommen worden.
⁹⁵ Schuppius' „Schrifften" (1663) S. 347. — Ueber Glaser sieh Max Osborn, Die Teufellitteratur des XVI. Jahrhts. (Acta Germanica, Bd. III, Heft 3.) Berlin 1893. S. 125 und 217.
⁹⁶ Osborn a. a. O. S. 217. — Ehehalten = Dienstbote. (Sieh das Grimmsche Wörterbuch.)
⁹⁷ Nach Sach a. a. O. S. 11 hatte Rachel, der vom Oct. 1637 bis zu Laurembergs Tod (13. Mai 1639) dessen Vorlesungen hörte, zu ihm in engen Beziehungen gestanden. Und Schuppius erzählt a. a. O. S. 239 von seiner 1631 zu Rostock stattgehabten Promotion, wobei er primum locum hatte: „O wie spitzte ich die Ohren, wann nach der promotion, bey dem angestellten convivio, mein Promotor und grosser Freund, der Edle Petrus Lauremberg, ein Glaß mit Wein nahm und sagte: Salus. Herr Magister."

VII.

Die Quellen des Eingangs von Rachels erster Satire
(V. 1—24).

Bezüglich des Eingangs von Rachels erster Satire hat schon Schröder bemerkt, daß der Anfang den ersten Versen des Prologes des Persius nachgebildet sei. Diese lauten:
Nec fonte labra prolui caballino,
Nec in bicipiti somniasse Parnasso
Memini, ut repente sic poëta prodirem.
Heliconiadasque pallidamque Pirenen
Illis remitto, quorum imagines lambunt
Hederae sequaces: ipse semipaganus
Ad sacra vatum carmen adfero nostrum.

Bei Rachel heißt es V. 1 ff.:
„Ich habe meinen Fuß auf Pindus nie gesetzet,
Noch auf Parnaß geträumt, noch meinen Mund genetzet
Auß Agenippen Strom. Ich habe nie den Tantz
Der Musen angeschaut, noch irgend einen Krantz
Durch eines Pfaltzers Gunst zu tragen mich befliffen,
Noch Dafne zu gefalln die Nägel abgebiffen."

Schon vor Rachel benutzten die Dichter obige Verse des Persius, den er aber selbst für eine andere Satire als Quelle genannt hat, so daß er nicht von jenen abhängig gewesen zu sein braucht. Es mögen von ihnen angeführt werden: Regnier l. c. p. 20:

„Je n' ay, comme ce Grec, des dieux grand interprète
[Hesiobos],
Dormy sur Helicon"

und p. 67:
> „Où ces divins esprits, hautains et relevez,
> Qui des eaux d'Helicon ont les sens abreuvez."

Ferner Titz a. a. O. S. 182 (auf welchen schon Berendes a. a. O. S. 56 für diese Stelle hingewiesen hat, der auch Joh. Lauremberg IV, 110 f. anzieht):

> „Ich habe zwar noch nie die Lippen mir begossen
> Mit Wasser, welches auß dem Brunnen kompt geflossen,
> Den Pegasus gemacht: ich weiß auch gäntzlich nicht,
> Das auff Parnassus mir je etwan ein Gesicht
> Im Trawm erschienen sey . . . ." u. s. w.

Bezüglich der zweiten Hälfte von B. 6 bei Rachel weist Berendes a. a. O. S. 55 auf Horatius' Satiren I 10, 71 hin, wo es heißt: in versu faciendo . . . roderet ungues. Vgl. auch Andr. Tscherning's Gedicht auf das Absterben Sebald Vollgnabes (bei Kindermann, Der Deutsche Poët 1664 S. 156):

> „Ja nagt ich zweymahl schon mir gantz um beyde Hand
> Die kurtzen Nägel ab, so käme mein Verstand
> Zu keiner Hoheit doch."

Was von den übrigen Versen auf Taubmann und Titz zurück= geht, habe ich schon oben S. 31 u. S. 49 gezeigt. Hier sei nur noch erwähnt, daß der von Berendes in seinem Abschnitt „Das klassische Element in Rachels Satiren" nicht untergebrachte „Cillar" (B. 12) für „Cyllarus" steht und ebenso wie der unmittelbar vorher genannte Pegasus ein berühmtes Pferd gewesen ist, welches bei Martialis IV 25, 6 und VIII 28, 8 vorkommt und bei eben= demselben VIII 21, 5 als Roß des Castor, in Virgilius' Georgika III, 90 aber als Roß des Pollux bezeichnet wird; es findet sich auch bei Schellenberg (in den Delitiae l. c. p. 1355) als geflügeltes Roß. Einige andere Einzelheiten sind bereits von Berendes a. a. O. S. 53 f. auf ihren klassischen Ursprung zurückgeführt.

Register.

Acta Germanica 56.
Alba, Königin 55.
Albertinus, Aegibius 42. 52.
Allgemeine Deutsche Biographie 9. 50. 52.
Allg. Zeitung, Beilage zur 46. 52. 53. 55.
aura f. v. w. splendor 33.

Bartholinus, Thomas 5.
Berendes, Bernh. 7. 8. 9 ff. 12. 15. 16. 17. 19 f. 31. 33. 39. 58.
Bergt, Th. 13. 14.
Beschreibung deren 16 Eygenschafften, welche ein Pferdt haben soll 42.
Biering, Vitus 5.
Birlinger 55.
Böbiker, Joh. 7.
Borbing, Anders 5.
Böse Sieben 52—56.
Böse Siebene, Die Entlarvte 58.
Buchanan, George 7. 10 f. 17—20. 27. 89.
Büchmann 54.

cara f. v. w. Würze 23.
Casaubonus, Jf. 7.
Cicero 8. 11 f.
Cillar f. v. w. Cyllarus, Pferd des Castor od. Pollux 58.
Crispinus, Joh. 15. 18. 19; f. a. Γνωμόγραφοι.

Delitiae poetarum Germ. 21. 44. 58.
Dian, falsche Lesart b. Rachel V 132 st. Dion 7.
Drugulins Bilderatlas 42.
Dunkel 7.

Ebeling, Friedrich W. 26. 27. 30.
Ebert, J. A. 26. 27. 30.
Elster, der (Nominativ) 34.

Fabricius, Georg, Rector zu Meißen 21. 44.
Fingerkraut f. v. w. Faust, Schläge, Ohrfeigen 36.
Fischart, Joh. 21.
Fischer, L. H. 10. 11. 47. 50.
Fons Latinitatis 28. 34. 35. 38. 42.
Frank, Sebast. 22.
Frauenzimmer (collect.) 31.
Frisch, Joh. Leonh. 7.
Frommann 54.
Furii, Worterklärung 35.

Gegenwart, Die 11. 26.
Glaser, Peter, 55.
Γνωμόγραφοι 15. 17. 20; f. a. Crispinus.
Goedeke 17. 21. 22. 51.
Gotter 53.
Grimmsches Wörterbuch 6. 36. 55.
Grotius, Hugo 42.
Günther, J. Ch. 34.

gynaeceum s. v. w. Frauenzimmer (collect.) 31.

Hahn, Hugo 51. 53. 56.
Hebericus (Heidenreich), Joh. 21.
Hestobos 57.
Heyne, [Moriz] 6. 54.
Hofmannswaldau 55.
Homeros 15.
Horatius 7. 8. 9. 12. 58.

Jannet, Pierre 8. 9.
Jöcher 7. 25. 29. 44.
Johansen, Matthias 5.
Juvenalis 5. 6. 8. 9.

Karnöffelspiel 54.
Kawerau, Waldemar 51. 52.
Kindermann, Balth. 30. 51—56. 58.
Klemsee, Georg 42.
Kluge, F. 31. 35. 53. 54. 55.
Klügling, Worterklärung 34.
Köhler, Reinhold 53. 55.
Kongehl, Michael 53.
Krahm s. v. w. Kramladen 35.
Kretschmann 53.
Kunst über alle Künste, ein bös Weib gut zu machen 53. 55.
Kuranbor 51.

Lauremberg, Joh. 6. 9. 58.
— Peter 56.
Laurinus, Nicodemus 26.
Lombardus, Bartholomäus 22.
Luthers Tischreben 52.

Margarethe s. v. w. böses Weib 55.
Markgraf 50.
Martialis 58.
Meier, John 55.
Melanchthon, Phil. 44.
Melissus, Paulus 21.
Metrodoros 20.

Moscherosch 10. 11.
Murner, Thomas 55.
Musculus, Andreas 52.
mustela (mustella), zweifache Bedeutung 27.

nährlich s. v. w. langsam 38.
Neuizanis, Joan. de 25.
Neukirch, Benj. 55.
Neumeister 9. 10.

Opitz 12. 49.
Osborn, Max 56.
Ostenfeld, Ch. 5.
— Petrus 5.
Ovidius 7. 31. 33.

Panther-Thier (Verdeutlichung) 38.
Pape 7.
Paul 54.
perire s. v. w. heftig lieben 28.
Perlenstaub viell. s. v w. Perlweiß 45.
Persius 5. 6. 7. 8. 9. 57.
Phädrus 42.
Philosophia Salustiana 51.
Photylibes 14.
Pindaros 15.
Plautus 28. 29. 34.
Pleines, J. 8. 9.
Plinius [der Aeltere] 19.
Plutarchos 8. 11 f.
Pöfel, W. 6.
Poseidippos 20.
Potorianus 51.
Preuß. Jahrbücher 51.
Pudor, Ch. 7.

Raumers Hist. Taschenbuch 54.
Regnier, Mathurin 8 f. 57.
Ringwaldt, Barthol. 7.
Rist, Joh. 51.
Ronsard 8.

Sach, Aug. 6. 9. 12. 15. 16. 29. 31.
  50. 52. 53. 56.
Sanders 6. 53. 54.
Sappho 15.
Schede f. Melissus.
Scheffer, Sebast. 7. 21—25. 27.
Schellenberg, Chph. 44 f. 58.
Schifer f. v. w. Zorn 35.
Schiller, Jörg 54.
Schlegel, Chph. 30.
Schmitt, H. P. 26. 27.
Schröder, H. 6. 7. 8. 19. 29. 35. 36.
  38. 57.
Schuppius, Balth. 12. 56.
Schwanenorden 51.
Semonides von Amorgos 7. 10. 11.
  13—16. 17. 18. 27. 31. 39. 42. 47.
Septenarius sacer 52.
Shakespeare 53.
sieben, Unglückszahl 54; auch heilige
  Zahl 55.
Simonides f. Semonides.
Sincerus, Theophilus 5.
Spangenberg, Cyriakus 53 f.
spinne feind, Spinnenfeind 42.
Sprichwörtersammlung (1548) 22.
Stieler, Kasp. 53.
Stigelius, Johs. 21.
Stobaios, Joannes 7. 13. 14. 20. 42.
Süssemunda, Apelonia 27.
Syrissa f. v. w. hebräisch 19.

Taubmann, Friedrich 10. 11. 26—46.
  47. 48. 49. 58.
Terentius 16.
Thales f. v. w. Klügling 34.
Tigerthier (Verdeutlichung) 38.
Timäus, Ch. 47.
Titz, Joh. Pet. 10. 11. 47—50. 58.
Trillers Katalog 26.
Trinken der Deutschen 51.
Tscherning, Andreas 30. 58.
 — Paul 5.

Uhl, Wilh. 55.

Vagetius, Henr. 29.
Verdeutlichung 35. 38.
Vida 8.
Virgilius 29. 33. 58.
Voigt, Johs. 54.
Vollgnade, Sebald 58.

Wagner, Tob. 56.
Wander 53. 54.
Warwick, Arthur 6.
Weller, Emil 42. 52. 54.
Werner, Adam F. 5.
Wiesel, Hausthier der Alten 41 f.
Wind f. v. w. Windspiel 35.
Wippel, Joh. Jak. 6 ff. 11 f. 32. 33.
  34. 35. 38. 39. 44. 45.

Zinkgref 12.